みんなの少《しょう》年《ねん》探《たん》偵《てい》団《だん》2

有栖川有栖　歌野晶午　大崎梢　坂木司　平山夢明

みんなの少年探偵団2

有栖川有栖　歌野晶午　大崎梢
坂木司　平山夢明

ポプラ文庫

目次

未来人F

有栖川有栖

有栖川有栖（ありすがわ・ありす）

1959年、大阪府生まれ。89年に『月光ゲーム』にてデビュー。2003年、『マレー鉄道の謎』で第56回日本推理作家協会賞、08年に『女王国の城』で第8回本格ミステリ大賞を受賞。『鍵の掛かった男』『狩人の悪夢』『濱地健三郎の霊なる事件簿』など著作多数。

東京じゅう、いえ日本じゅうをさわがせた霧男《きりおとこ》の事件も、その正体である怪人二《かいじんに》十面相《じゅうめんそう》が逮捕《たいほ》されたことでぶじに解決しました。言うまでもなく、今回も名探偵・明智小五郎《あけちこごろう》が二十面相を追いつめたおかげで、つかまえることができたのです。霧とともに現れ、霧とともに去る、という魔術を見せた大怪盗も、いまは拘置所《こうちしょ》にとじこめられ、げんじゅうな監視のもとにおかれてすっかり降参というようすです。にげようとしてくじいた右足首をさすりながら、苦笑《にがわら》いを浮かべたりしています。

とはいえ、これまでなんどもなんどもだつごくに成功してきた二十面相のこと。牢《ろう》の前では二十四時間休むことなく看守《かんしゅ》がにらみをきかせていました。なにかがあれば、すぐに応援を呼べるように首から笛をぶら下げて。

「おいおい、そんなにこわい顔でにらみなさんな。にげるつもりはないよ」

二十面相は、太い鉄ごうしの向こうから看守に声をかけます。からかうような軽い口調です。

「きみもたいへんだな。にげるつもりのないわたしから目をそらすこともなく、立ったままで交替時間まで見はるのはさぞ退屈だろう。まあ、仕事だからしょうがないがね。ご苦労さま、と言わせてもらうよ」

看守は無言のままです。すきを作らないため決して話しあいてにならないよう命令されているのです。

それでもかまわず、右足首をさすりながら二十面相はおしゃべりをやめません。

「きみは、えりすぐりの優秀な刑務官なのだろうね。まったく気のゆるみを見せない。筋骨隆々《きんこつりゅうりゅう》というのではないけれど、わかくて力があっておまけにすばしっこそうだ。しかも、その笛を吹けばたちどころにお仲間がわっとかけつけてくるのだから、たまらない。こんどばかりは天下の怪人二十面相もかんねんした……」

ちょっと言葉を切ってから、こう続けます。

「……かどうかはさておいて、三食つきのここでしばらく静養《せいよう》させてもらうつもりだ。ずっと働きづめで休みがほしいと思っていたところだ。朝から晩まで取りしらべがあってうるさいことだが、それしきのおつきあいはなんでもない。これは負けおしみではないよ。そして、きみを油断《ゆだん》させるためにへたなうそをついているのでもない」

そんなことを言うのは、油断をさせるためだろう、と看守は警戒をときませんでした。ますます神経をとがらせて、檻《おり》の中の男にきびしい視線を投げかけます。

自分の生まれつきの顔を忘れてしまった、などとふざけたことを言う変装《へんそう》の名人も、いまは素顔をさらしたままで、遠藤平吉《えんどうへいきち》という本名で呼ばれています。名前と同じく、その素顔もいたって平凡なものでした。

これが本当にあの怪人二十面相なのだろうか、まちがえて別人をつれてきたのではないかしら、というとんでもない考えがふと看守の頭をよぎるのですが、まさかそんなはずはありません。明智探偵や中村《なかむら》警部らに逮捕されたあと、ただちにここへ送りこまれてきたのですから。

「ぜんぜん口をきいてくれないね。どうもきみはおもしろくない。……でも、わたしはきみが好きだよ。何人もいる看守の中でいちばん好きだ」

それっきり二十面相もだまってしまいます。最後のひとことがどういう意味なのか気になりましたが、くちびるを結んだままたずねたりはしません。

そのとき、遠くからヘリコプターの音が聞こえてきました。はっとする看守を見て、囚《とら》われ人《びと》はさもゆかいだとばかりに笑うのです。

「アハハハハハ。わたしの手下がヘリで拘置所をおそいにきたのではないよ。いくらわたしだって、そんな大がかりなことはできない。……ほおら、通りすぎて行くじゃないか。肩の力をぬいてリラックスしたまえ」

たしかにヘリの音は小さくなり、看守は安心しました。まさかとは思っても、二十面相のことですからなにをたくらんでいるか知れたものではありません。

「わたしは休みたいんだ。そして、ともに働きづめだった明智小五郎にも休みをプレゼントしてあげたい。この親切心をかれには感謝してもらいたいね。どれ、そろそろ寝るとしようか」

二十面相が横になり、毛布をかぶったところで交替の刑務官がやってきました。ずんぐりと背は低いものの、柔道空手とも五段のせんぱいです。

「異状ありません」

「うむ」

牢の鍵をわたして引きつぐと、きんちょうがほぐれて肩の力がぬけます。

(待てよ。これは本当にせんぱいだろうか?　二十面相の手下とすりかわっていたらたいへんなことになるぞ)

そんなとっぴなうたがいを持ちましたが、かりにそうだとして二十面相が牢から脱出できたところで、ろうかに続くとびらの向こうには夜間もおおぜいの刑務官がいます。にげようとしてもたちまち見とがめられ、拘置所の外に出られるわけがない、と思いなおすのでした。

タラップをかろやかに上がり、明智小五郎のせなかがパンアメリカン航空機の中へと向かいます。空港のエプロンからそれを見ていた小林芳雄《こばやしよしお》少年は、これでしばらく先生ともおわかれだな、とさびしい気分になりかけました。明智先生は、最後にこちらに向きなおって、かぶっていたソフトをふります。

しょんぼりするな。るすのあいだ、きみにまかせたぞ。

と言うかのように。そして、すっと機内に消えたのでした。

その飛行機が離陸し、大きくせんかいしてからゴマつぶほどになり、かんぜんに見えなくなるまで小林くんはエプロンを立ち去りません。もうさびしがってはおらず、はれがましく、ほこらしい気分になっていました。

(日本を代表する名探偵の明智先生は、いよいよ世界的な名探偵になるんだ。すごいことじゃないか)

二十面相が世間をさわがせた霧男の怪事件を解決し、ほっとしたのもつかのま、明智小五郎のもとに意外なところから意外な依頼がまいこみました。なんとアメリカのＦＢＩ(連邦捜査局《れんぽうそうさきょく》)が、力をかしてほしい、と言ってきたのです。日本の警察庁のとりつぎでそれを聞いたときは、さすがに明智小五郎もじぶんの耳をうたがったほどです。

ＦＢＩが持ちこんできた相談は、こんな内容でした。

二ヵ月前からアメリカ東海岸の各地に神出鬼没《しんしゅつきぼつ》の怪盗が現れて、美術館や画廊《がろう》から高価な絵画《かいが》や彫刻《ちょうこく》などを盗みだしており、犯行の前やあとに新聞社やテレビ局に「わたしをつかまえてみろ」というふてきな手紙を送りつけてくるというのです。それだけなら、わざわざ極東《きょくとう》の島国の名探偵まで「力をかしてほしい」と言ってくるほどのことでもなかったでしょう。

怪盗は〈ファントム・ニンジャ〉と名のり、黒ずくめでまさに忍者そっくりのいでたちだというのです。名前や装束《しょうぞく》のみならず身のこなしも忍者なみで、サーカスも顔負けのアクロバットをこなし、何十人もの警察官が追いつめても煙幕《えんまく》にまぎれてにげてしまうというからふつうではありません。まるでアメリカ版の怪人二十面相です。

鉄人にも宇宙人にもロボットにも化ける二十面相のことはアメリカでも知られているため、そのまねをする者が出現したとしか考えられません。そこで、二十面相の手口をよく知っているコゴロウ・アケチを招いてファントム・ニンジャをつかまえよう、とＦＢＩは考えたのです。

この依頼がとどいたのは、ちょうど霧男事件が解決をみたあくる日のことでした。

「どうするんですか、先生?」

小林くんがたずねると、日本一の名探偵はにこやかに答えました。

「ファントム・ニンジャとは、幽霊《ゆうれい》忍者という意味だ。まったくもってふざけた名前だね。いつも黒ずきんで顔をかくしているから年も性別も国籍も不明なのだけれど、正体は日本人ではないか、と言う人もいる。日本人がアメリカで悪さをしているのなら日本人のぼくがこらしめたいし、そうでなくてもほうってはおけない。この次にはニューヨークのメトロポリタン美術館からピカソの名画を盗むと予告してきているのだから」

「『温泉《おんせん》にでも行ってひと休みしたい』ときのうはおっしゃっていたのに」

「事情が変わったのだからしかたがないね。さっそくアメリカ行きの用意をするとしよう。あちらの期待にみごとこたえて、日本の探偵代表としてせいぜい名を上げてくるよ」

そんなしだいで、明智小五郎はしばらく日本をるすにすることになったのでした。

警視庁の中村警部はこのことを「わが国のほまれです」と大よろこびし、出国するときはぜひお見送りがしたいと希望したのですが、それを探偵はていねいにことわりました。じぶんが日本をはなれることは秘密にしたいので、そっとしておいてほしい、という理由を打ちあけると、警部はなっとくするしかありませんでした。

ですから、東京国際空港のエプロンで手をふったのは小林くんだけで、それも野球帽とマスクで顔がわかりにくいようにしてのことでした。ほかの少年探偵団のメンバーには、先生はご旅行にいらした、とだけつたえてあります。ＦＢＩに呼ばれてアメリカにわたったと思う子がいるはずもありません。

明智先生がいらっしゃらないあいだ、大きな事件がおきませんように。平和な日々が続きますように。それだけが小林くんのねがいでした。

ところが、そのねがいはかないませんでした。

探偵が日本をたった五日後のことです。中村警部からとんでもない電話がかかってきました。またもや二十面相がだつごくしたというしらせです。

「こんどというこんどはぜったいにがさない。二十面相もこれでおしまいだ、とおっしゃっていたのに……」

小林くんは、そんなことを口走ってしまいました。同じ失敗をいつまでくり返すのか、とあきれていたのです。

「めんもくない。思ってもみない手を使われてしまった」

電話なので顔が見えませんでしたが、警部もばつが悪そうでした。こほんとせきばらいをしてから、あの怪人がどんな手でだつごくしたのかを説明してくれます。

「きのうまではなにごともなかった。ところが、けさ七時に看守が交替に行ってみると、なんと檻の中に夜勤の看守がふたりも入っていて、二十面相のすがたはどこにもなかったんだよ。ふたりの看守はぐったりとしていて意識がない。拘置所はハチの巣をつついたような大さわぎになった」

「わけがわかりません。どうやってすり替わったんですか？」

「檻にとじこめられていたのはわかい看守とそのせんぱいだ。呼びかけるとせんぱいのほうは目をさまし、『すみません、やられました！』とさけぶ。わかいほうは、頭がぼおっとしているようで、なかなかふつうにしゃべれなかった。時間がたつとしゃんとなって、おぼえていることを話してくれた。ま夜中、日づけが変わるころに毛布をかぶっていた二十面相がむくりとおき上がり、『寝つけないからおしゃべりの相手をしてくれないかな』と言ってきたんだそうだ。どんなたのみも聞いてはいけないことにしてあったから、看守は指示どおりに無視をした。すると二十面相が『相手をしてくれないのなら、ヒツジでも数えるとしよう』と笑って、ひどくまのびした調子で『ヒツジがいっぴーき、ヒツジがにひーき』とやりだした。それを聞いていたるうちにまぶたが重くなって……気がついたら鉄ごうしの内側にいた、ということだ。ひとことで言えば、催眠術《さいみんじゅつ》にかかったんだよ」

ただ眠らされただけではなく、「鍵をわたしなさい」といった命令にしたがわされたのです。二十面相は自由になると、自分が着ていた服と看守の制服を交換し、牢に鍵をかけて外に出ます。そこにせんぱいの看守がやってきたのですが、あいてがすりかわっているとは気がつかず、毛布をかぶって壁向きに横たわるわかい看守を二十面相だと思いこんで油断したところ、柔道の落とし技をかけられてきぜつしてしまったのです。

「それだけで数時間も気をうしなっているのはおかしい。二十面相は、なにかの薬品をかくし持っていて、せんぱいの看守を朝まで眠らせたらしい、そこも大失敗だ」

中村警部は力なく言います。

「おおぜいの刑務官たちは、だれひとりとして看守の制服を着て出てきたのが二十面相だとは気づかなかったのですか？」

小林くんはえんりょなくたずねます。

「制帽をまぶかにかぶって顔をかくして、声色《こわいろ》で『異状ありません。これでしつれいいたします』とまわりにあいさつしたので、みんながだまされたということらしい。体つきもよくにていたんだな。どの看守に術をかけるか、体格で選んだのだろう」

ふたりの看守の証言によって二十面相が牢をぬけ出した方法はわかったものの、時すでにおそし。拘置所の門から堂々と出ていってからすでに三時間がたっていました。

(催眠術だなんて、たかがそれだけのことでだつごくされてしまうなんて……たるんでいるんじゃないだろうか)

小林くんはやりきれない思いでしたが、さすがにそこまでは言いませんでした。

「いやあ、本当に二十面相に骨休めをさせてやったみたいだ。あいつは、くじいた右足がよくなるのを待っていただけで、いつでもだつごくできると余裕《よゆう》しゃくしゃくだったのかもしれない。何かわかったらまた伝えるよ。明智先生から連絡があったら、このことを話しておいてほしい」

しおれた声で警部が電話を切った一時間ほど後、その明智先生から国際電話が入りました。いつどこにいるのかわからないので、電話は先生からの一方通行なのです。

「幽霊忍者くんは、やはり二十面相と同じくサーカス出身だったよ。みもとをつきとめてアジトの見当もついた。捜査は順調に進んでいるよ」

「もうそこまでいっているんですか。さすがは明智先生ですね」

こちらからは残念なことを伝えなくてはなりません。二十面相があっさりだつごくしてしまったことを聞いた先生がおこりだしたらどうしよう、と思いましたが、受話器の向こうから返ってきたのはいつもの快活《かいかつ》な声でした。

「またしてもやられたか。しゃくにさわるが、すんでしまったことはしかたがない。ぼくはまだアメリカを離れられないし、やっこさんもしばらくはおとなしくしているさ。じきにまたぞろ悪さを始めるだろうから、とっつかまえてやるよ」

そして、帰国するめどが立ったらすぐに知らせる、とおだやかに言うのでした。

だつごくから三日がたっても、二十面相の足どりはつかめませんでした。新聞やラジオは、「いまごろ怪盗は南の島でのんびりしながら、つぎの犯罪計画をねっているのではないか」などというひにくをまじえて、警察を非難《ひなん》しています。

ある新聞社から明智探偵事務所に電話があり、「二十面相ににげられたことについて明智先生のご感想が聞きたい」と言ってきたのですが、「先生はおるすです」とことわると、電話はすぐに切れました。「またすぐに先生がとっつかまえます」

と言えばよかった、と思う小林くんでした。

事務所のソファにすわって、気ばらしにラジオを聞くことにします。毎日夕方の五時から放送されている番組で、いっぱんの人たちが電話してくるゆかいなお話、めずらしいお話が大人気でした。

歯切れのいい司会者の声にのって、番組はいつものように進んでいきました。


「さて次は、みなさまからのお電話のコーナーです。おたのしみになさっているかたも多いことでしょう。最初のお電話は東京都世田谷区《せたがやく》にお住まいの……これは中国《ちゅうごく》か台湾《たいわん》ご出身のかたでしょうか、王《おう》さんからです。こんにちは」

「こんにちは。王です」

電話に出た声にはなまりがなく、日本人の発音と変わらないのですが、ひどくかん高い声の男でした。

「ご出身はどちらですか？」

「シントウキョウです」

「シントウキョウといいますと……はて、どのお国のどのあたりでしょうか？」

「おたくのラジオ局から電車で三駅ぐらいのところで生まれたのですが……まあ、

どこで生まれたかなんていいではありませんか」

司会者はさからいません。

「そうですね。きょうは、変わった芸をするワンちゃんのお話をうかがえるそうですが」

この電話の主は本名ではないように小林くんには思えました。王の中国語の読み方がワンなので、犬の話をするためにダジャレで王と名のっているのかもしれません。

「うしろ足だけで立って歩ける犬の話なんかより、もっと重要なことをお話ししましょう。ラジオをお聞きのすべてのみなさんに関係がある大事なお話です」

かん高い声がそんなことを言いだしたので、司会者が返事につまります。生《なま》放送だというのに、打ち合わせとちがう話をされてはあわてるのも無理ありません。

「王さん、ちょっと待ってください。どんなお話をなさりたいのかぞんじませんが、きょうはかわいいワンちゃんのことを……」

司会者にかまわず王は勝手にまくしたてます。

「日本は、先の戦争であまりにも多くのものをうしないましたが、自由と民主主義《みんしゅしゅぎ》を大切にする国として生まれ変わり、国民の努力のかいあってめざましい復興《ふっこう》をとげました。しかし、思い上がってはいけません。産業《さんぎょう》最優先《さいゆうせん》で水や空気をよごし、山を次々に切り開くばかりだと大変なことになります。ゆたかな自然を守り、環境《かんきょう》について考えなさい、とわたしなどが言っても、この流れはとまらないのでしょうけれどね。近いうちに、日本人はみずからのあやまちを知るでしょう」

「王さん、ご意見をうかがいたいのではなく、この番組はたのしいお話を……」

「原子《げんし》爆弾《ばくだん》を投下されたただ一つの国として、核兵器《かくへいき》をなくすことにも真剣でなくてはなりません。それは、人類の未来をあやうくしたのです」

「あやうくした？　あやうくする、とおっしゃりたいのですね？」

うっかり話に引き込まれて司会者が訂正しようとしたら、王は「ふふ」と笑いました。

「これはしっけい。人類が滅亡《めつぼう》の危機《きき》におちいったのは、わたしにとっては過去のことなので『あやうくした』と言ってしまいました」

「なにをおっしゃっているのかわかりませんね。あなたが見た夢の話をしているのですか？」

おかしな人だな、とラジオの前の小林くんも首をかしげます。

「わかりやすいように、はっきり言いましょう。わたしは二十三世紀からやってきた未来人です。時空移動機《じくういどうき》で二十世紀にやってきたので、漢字の二と十を組み合わせた王という名前を使ってみたのです」

司会者は、もううろたえてはいませんでした。悪ふざけで番組をめちゃめちゃにされたことに腹を立てたようで、きつい口調で言います。

「公共の電波をいたずらに使わないでもらいたいですね。二十三世紀からきた未来人だなんて、こどもだって信じるもんですか」

「未来を知っているわたしの忠告に耳をかたむけるべきなのに、すなおになってくれない。やれやれ、ラジオを聞いているみなさんも同様かな。わたしが未来からやってきたということを、まずは信じてもらう必要がありそうだ」

「王さん、いや、名前のわからないあなた。もうたくさんです。電話を切らせてもらいます」

司会者は会話を打ち切りかけましたが、未来人と称《しょう》する男はそうさせません。

「待ちなさい。あすの朝刊に大きなニュースが載《の》ります。日本じゅうがほっとして胸をなで下ろすでしょう」

どういうつもりなのか、そこで未来人は言葉を切って短く口笛を吹きました。大ヒットしている流行歌《りゅうこうか》のメロディです。そして、さらにこう続けます。

「もう少し先に起きることだと、きたる東京オリンピックで日本がかくとくする金メダルの数は十六個。選手たちはよくがんばりましたよ。大会は大成功に終わり、二〇二〇年にはふたたび東京に五輪《ごりん》がやってきます」

「でまかせだ。てきとうなことを言うな。本当に未来を知っているのなら、来週発表の宝くじの当たりの番号を言ってみなさい」

そんな不正はできない、と未来人は笑いました。

「にわかに信じられないのも当然でしょう。わたしは、またどこかに現れてみなさんに呼びかけますよ。わたしが言ったことが、すべて的中するのをおたしかめなさい。……いや、こういうやり方もあるな」

未来人は声をひそめて、ぼそぼそと何かつぶやきます。司会者がいらだって問いました。

「よく聞こえません。なにが言いたいんですか?」

「わたしが時空移動機を使えば、この時代ではいくらでも奇跡《きせき》を起こすことができます。文字どおり不可能はない、と断言してもいいでしょう。たとえば……たとえばですよ、どんなにしっかり戸じまりがなされた家や施設《しせつ》にも自由に出入りすることができます。その家や施設に鍵がかかっておらず、るす番も見はりもいない時間に移動すればいいだけですから。ばかばかしいと言いますか？　うそでないことは簡単に証明できますよ。ゲームのつもりで、ひとつ宣言してみましょう。東京国立博物館におさめられている国宝、松林図屛《しょうりんずびょうぶ》風を消してごらんにいれます。すぐに消してはおもしろみがないので、三日後にいただくことも予告しておきます」

「な、な、なんだと。あんたは二十面相みたいなことを言うじゃないか。いいかげんにしなさい！」

「長谷川等伯《はせがわとうはく》が描いたあの絵はすばらしい。こんな不安定であぶなっかしい時代においておくより、はるかに技術が進んだ二十三世紀で保存するのがふさわしい」

あとで聞いたところによると、未来人がオリンピックのメダルの数などを話しているうちは、「おもしろいから、そのましゃべらせろ」という電話が放送局にたくさんかかっていたそうです。しかし、国宝を盗み出すというのは冗談《じょうだん》にしても度がすぎています。その予告が出たとたんに、「あんなけしからん電話はさっさと切ってしまえ」という抗議《こうぎ》がさっとうしていたのでした。

司会者が二十面相の名前を出したところで、未来人の態度もがらりと変わり、ふきげんになりました。

「あんな手品ができる器用なコソドロといっしょにしてもらいたくはありませんね。

発煙筒《はつえんとう》とドライアイスで煙幕を作って霧男だなんてばからしい。鉄人Qだの電人Mだの、仮装《かそう》をして目立ちたいだけのもとサーカス団員とちがって、わたしは未来からきた人間なんだ。未来人というだけでは名前にならないから、二十面相をまねるようだけれど、未来人Fとでもしておきますか。Fは、英語で未来を意味するフューチャーからとりました。夢のような、という意味のファンタスティックのFでもある」

「未来人F……」

「みなさん、この名前をよくおぼえておいてください」

司会者は「もしもし、もしもし」と呼びかけましたが、返事はありません。電話がふいに切られたのです。

国宝を消す予告とは、おだやかではありません。ただのいたずらとも思えず、小林くんはこのことを明智先生につたえたくなったのですが、アメリカからの電話はかかってきませんでした。

そのあくる日、午前中に中村警部から「未来人Fのことで」と電話があり、午後すぐに麹町《こうじまち》の明智探偵事務所にやってきました。そして、あいさつもぬきで用件に入ります。

「小林くん、けさの新聞を読んだね。流行歌手、湯本大作《ゆもとだいさく》のお子さんがぶじに帰ってきたニュース」

「はい。ゆうかいされていたんですね。びっくりしましたけれど、ぶじに帰ってきたそうで、何よりです」

「うん、犯人一味も逮捕して、事件は解決した。警察が動いていることを犯人に知られたら人じちの身にきけんがあるため、報道《ほうどう》はひかえてもらっていたのだけれど……」

「未来人Fは知っていたようですね」

日本じゅうがほっとするニュースと言っただけで、ゆうかい事件が解決すると言いあてたわけではありません。しかし、そんなことを話すとちゅうで湯本大作の歌のメロディを口笛で吹いてみせたのですから、警察のごくひ捜査を知っていたようです。

「小林くん、こんな新聞記事もあるんだ。ちょっと読んでくれたまえ」

警部が取り出した朝刊の切り抜きに目を走らせると、思いもよらないことが書かれていました。名物記者が書いた連載《れんさい》コラムで、内容をかいつまんでいうとこうです。

おととい、小学五年のむすこがおかしなことを話した。学校の帰りに道ばたに落ちていた紙くずをひろってゴミ箱にすてたら、銀色のコートを着て、先のつり上がった変なサングラスに大きなマスクをした通りすがりの男から「えらいね」とほめられた。男はかん高い声で「きみはいい子だから教えてあげよう。あしたのこの時間に、駅前に近づかないほうがいいよ。角の銀行に強盗が入って大さわぎになるから。わたしは未来からきた人間なので、そのことを知っているんだ」とまじめに言う。きみが悪くなってにげるように家に帰ったあくる日、男が話したとおりの事件がおきたのでおどろいた。むすこはラジオの未来人と同じ声だったと言うが、本当だとしたらふしぎなことだ。

「きのう、銀行強盗なんてありましたか？」

「日《ひ》の出《で》駅前の銀行におもちゃのピストルを持った覆面《ふくめん》の男がやってきて、『金を出せ』と行員《こういん》をおどす事件があった。何も取らずににげたんだが、ちょっとした騒動《そうどう》にはなったよ」

「未来人の予言にしては、ごく小さなできごとですね」

小林くんは、その点をおかしく感じました。

「きのうのラジオの予言にくわえて、朝刊のこのコラムだ。未来人Fのことで警察にたくさん問い合わせの電話がかかってくるんだ。『あれはほんものの未来人なのか？』とか『国宝が盗まれないよう、早くとらえろ』とか。『わたしも銀色のコートを着た未来人と会った。これからおきることを予言するだけではなく、自分のおいたちについて完全に言いあてた』という電話もくる。東京だけではなく、北海道や九州にも未来人Fは現れている。この調子だと、あしたになれば日本全国が未来人の話題で持ちきりになるだろう」

「北海道や九州でもって、そんなに速く移動できるでしょうか？」

「時空移動機というのがあるのなら、できるかもしれないが」

そんなものがあるとは思えず、小林くんは未来人Fが二十三世紀からきたというのを信じていませんでした。それでも国宝を消すという予告は気がかりです。

「国立博物館のほうは、警備をかためているよ。出入りする人間のみもともあらためてたしかめなおしているし、心配はいらない」

中村警部は言いますが、安心していいものでしょうか。

「未来人Fというのは、怪人二十面相じゃないでしょうか？」

「どうしてそう思うんだい、小林くん？　あいつは、ラジオで二十面相のことを

『手品ができる器用なコソドロ』とこきおろしていたよ」

「正体が二十面相だからこそ、それをかくすため自分のことを悪く言ったとも考えられます。王という仮の名前が二十を組み合わせたものだというのは本当だとして、それは二十世紀の二十ではなく二十面相の二十だとしたらどうでしょう?」

「それは何とも言えないね。だけど小林くん、きみは二十面相のことを買いかぶっているみたいだ。あいつは、まだだつごくしてから一週間もたっていないんだよ。すぐさま未来人Fなんてものになり、悪事を始めるなんて早すぎる。つかまる前から次の犯罪計画をねっていたとでも言うのかい? 大きな犯罪は準備するのもたいへんだよ」

「二十面相なら、それぐらいのことはやりかねません。いろいろなものに変身したくて、うずうずしているようですから」

「それは明智先生の見方でもあるのかな?」

「いいえ、先生とは連絡がつきません。きっと幽霊忍者にせまっているところで、おいそがしいのでしょう」

「だから、きみは先生のかわりにがんばろうとしているわけか。まあ、警察にまかせておきたまえ。二十面相のまねをしたニセ未来人をつかまえるぐらい、何でもないよ。おそれることはない」

おさえてもおさえてもわき上がってくる少年探偵の不安をよそに、警部は胸をはります。

「警部さん。ぼくも博物館の警備にくわえてもらえませんか？」

「アハハ、そうきたか。かまわないよ。わたしといっしょに、いちばん大切なところを守ってもらおうか。おもしろい冒険ができて、きっと未来人Ｆをふんづかまえる現場に立ちあえるよ」

「なにか作戦があるんですか？」

「まだまとまっていないんだが、わなをしかけられそうなんだ」

部屋にはふたりきりしかいないのに、警部は声を低くしてささやくように話すのでした。


未来人Ｆのかん高い声がラジオで流れてから四日目をむかえました。

上野《うえの》の森《もり》にある東京国立博物館のまわりにはたくさんのおまわりさんが配置され、ものものしいふんいきです。それを見た人たちは、未来人Ｆが『松林図』を盗みだすと予告したのがきょうだということを思い出さずにいられませんでした。

きょうまで明智小五郎からの連絡はとだえたままです。さしもの名探偵も、ふだんと勝手がちがう異国で悪戦苦闘しているのかもしれません。

そのあいだに、日本じゅうの警察に未来人Fが出現したという知らせが入っていました。おもしろ半分のいたずらだとわかった例も多いのですが、ぜんぶがうそだと決めつけられないのでこまります。

でも、どれもこれもいたずらか、そうでなければかんちがいだろう、と小林くんは考えていました。明智先生がいらしたら、そう言うはずだと思うのです。

未来人Fがしたことは、ラジオの人気番組でびっくりするような発言をしたことと、新聞で人気コラムを担当している記者のむすこに予言のようなことをふきこんだだけなのでしょう。たったそれだけで、坂道から雪玉をころがしたようにうわさが大きくなり、ひとりでに広がっていくのを見こしていたのです。ラジオと新聞を利用したかしこい手口ではありませんか。

その日の夕方、未来人Fはだいたんな行動にでました。またあのラジオ番組に電話をかけてきたのです。耳に残るかん高い声は、こんなことを言いました。

「『松林図』はまだぶじかな？　もうニセものとすりかわっている、なんてことがないか、たしかめてはどうかな。アハハ、それは冗談。日づけが変わるまでに参上するので、せいぜい名画とのなごりをおしむといい」

日づけが変わるまでということは、夜《よ》がふけてから盗むつもりなのでしょうか。警護についた人たちは、きんちょうを強くしました。

さて、小林くんはどうしていたかというと、中村警部とともに博物館の地下にいました。白いしっくいで塗られた通路の両側に、いたんだ美術品を修復するへやや ら調査研究のためのへややらがならび、その奥に進むと行きどまりに黒いとびらがあります。それを見はっていたのです。

未来人Fがただの人間ならば、あれだけ警戒されている地上からしのびこむのは不可能というしかありません。博物館の館長の話を聞き、建物の設計図を見せてもらってわかったのは、侵入《しんにゅう》するのなら地下の奥にあるとびらしかない、ということです。

「このとびらの向こうは、ふだん使われていない秘密通路です。戦争中、いざというとき美術品を安全な場所へ運び出すために作られたもので、三キロほどの長さがあり、現在は東京都が管理しているある施設につながっています」

そんな館長の説明を受けてある施設というのを調べてみると、地下通路へのとびらは封鎖《ふうさ》されているのに、最近になってだれかが錠《じょう》をいじった形跡がありました。

美術館側のとびらにも同じあとがありましたから、両方のとびらの合い鍵をこしらえて博物館に出入りしようとしているものと思われます。

「ならば、わざとあちらの施設は警備をせずにおくのがいい。いったん未来人Ｆの好きなようにさせるんだ。博物館の地下で待ちぶせて、大歓迎してやろうじゃないか。ねえ、小林くん」

中村警部はたのしげに言ったのですが、小林くんはほかのことを考えていて、なま返事をしてしまいました。もし、未来人Ｆの正体が二十面相だとしたら、こんなに単純な方法を選んで、みすみすつかまりにくるかしら？　そこになっとくがいかなかったのです。警部が言うとおり二十面相ではないのでしょうか？

「アメリカの幽霊忍者と同じで、二十面相のまねをした別の人間のしわざなのかな」

そんなひとりごとが口からこぼれます。

閉館時刻がすぎ、九時がすぎ、十時がすぎました。警部と小林くんのほかに十人以上の警官がろうかの角に身をひそめて、未来人Ｆがやってくるのを待ちます。

秘密の地下通路の向こうにある施設もこっそり監視されていて、怪しい人物が入るとすぐに連絡がくることになっていました。もちろん、中村警部に知らせたあとは、施設に進入して未来人Fがにげられないようにするという手はずです。

警部や小林くんたちがしんぼう強く見はっていると、十一時が近くなろうとしたとき、黒いとびらがゆっくりと開きだしました。中からヌーッと現れたのは、銀色のコートに身をつつんだ男です。それが未来のファッションなのか先がピンとつり上がったおかしなサングラスをかけ、顔の下半分は大きなマスクでおおわれているので人相《にんそう》はわかりませんでしたけれど、未来人Fにまちがいありません。

「取りおさえろ！」

警部が号令をかけると、警官たちがわっと飛び出します。怪人は銀色のコートのすそをパッとひるがえして、とびらの向こうに引き返しますが、にげられるわけがありません。あちらからおおぜいの警官が押しよせているので完全にはさみうちです。

あかりがないのでまっくらな秘密の地下通路を、警部や警官たちにまじって小林くんも懐中電灯を手にして走りました。必死でかけるうちに先頭にたっていましたが、怪人のせなかは見えません。

もう三分の一ぐらいはきただろうか、と思ったところで、向こうからやってくる懐中電灯の光がいくつも見えてきました。反対側からきた警官たちです。作戦はうまくいったようでした。

「そこにいるぞ。つかまえろ！」

警部はさけびましたが、奇怪《きかい》なことがおきました。未来人Fのすがたがどこにもないのです。通路にいるのは、中村警部と小林くんのほかには制服警官だけです。

「どういうことだ？」

とまどう警部に、小林くんは言います。

「通路にかくしとびらがあって、どこかで枝分かれしていないことは確認ずみでしたね。とすると、未来人Fはこの場にいるぼくたちの中にまぎれているはずです。すばやく制服のおまわりさんに変装をしたんです。こうなることも予想していて、どこかに着がえを用意していたのでしょう」

明智先生でなくても、それぐらいのからくりは見ぬけます。

「そうか。この中に見なれない顔の人間はいないか？　懐中電灯で自分の顔を照らしてみろ」

みんながいっせいに警部の指示にしたがうと、やみの中にぶきみな顔が二十ほど浮かび上がりました。

「きみはだれだ？」

「おい、名前を言え」

ある警官に光が集中します。色黒でするどい目つきをしていました。小林くんの指摘のおかげで、あっさりニセ警官が判明したようです。

「そいつを逮捕しろ。おい」

ピシリとムチ打つように警部が言うのにこたえ、大がらな巡査が一歩前に出て、名前を言えずにだまっている警官の右手首にガチャリと手錠をかけました。そして、もう片方の輪を自分の手首にかけるのかと思いきや、それは中村警部の左手首にはめてしまったので、小林くんはおどろきます。

「アハハハ。まんまとひっかかったね」

色黒の警官がさもおもしろそうに笑いだしました。いったい何がおきたと、小林くんは頭がこんらんしてきます。

「これはどういうことだ？　ふざけるな」

顔を赤くしておこる警部を、色黒の警官はなだめます。

「ぼくは未来人Fではありません。走りながら変装をといて、警官の制服に着がえるなんて無理ですよ。できたとしても、ぬいだ服をどこに隠すというんですか？　そんなものは通路に落ちていなかったでしょう」

「さがせばどこかにある」

「ええ。どこにあるのか、ぼくは知っていますよ。ここから二十メートルほど先にぬぎすてた銀色のコートやサングラスが落ちています。そこで着がえて、あちらからきた警官たちといっしょになりました。あらかじめ打ち合わせしていたことで、みんな協力してくれましたよ」

警官たちが未来人Fに協力するとは、どういうことでしょうか？　とまどう小林くんに、色黒の警官はおちついた声で言いました。

「おちつきたまえ。事件は解決だよ」

そして、自由な左手を顔にやったかと思うと、ビリリと変装をときます。現れたのは、なんと明智小五郎の顔でした。

「先生！　日本に帰っていらしたんですか」

「うん、ないしょにしていて悪かったね。むかしから兵法で言われるとおり、敵をあざむくにはまず味方から、ということだよ。幽霊忍者の逮捕はFBIにまかせて、六日前には帰国していたんだ。未来人Fという怪人になるために」

「どうしてそんなことをしたんですか？」

「かれをおびき出すためだよ。いっこくも早く牢屋にもどしたかったからね」

明智先生は、手錠でつながっている中村警部の顔にすっと左手をのばして、変装をむしりとります。とっさのことで警部は顔をそむけるひまもありませんでした。

「中村警部にばけるとは、ふとどきだね、怪人二十面相くん。しかし、おあいにくさま。みんなだまされたふりをしていただけなんだよ。きみのアジトのひとつにとらえられていたほんものの警部は、さっき助けだされて警察署できみと対面するのを待っている」

正体をあばかれた二十面相は、にくにくしげに探偵をにらんでいます。

ああ、この人物は物語に登場したときから警視庁の中村警部ではなかったのです。これまでずっと中村警部と書くしかありませんでしたけれど、訂正しなくてはなりません。

「アジトから助けだしただと。どうして場所がわかったんだ?」

「ある人が案内してくれたんだ。気がついていないようだね。小林くんと会ったあと、きみは中村警部のようすを見にアジトに立ちよっただろう。ぼくがあとをつけているのに気づかなかったのはうかつだ」

何がおこったのか、小林くんにもだんだんとわかってきました。

二十面相がだつごくしたと聞くなり、明智先生は日本に飛んでもどってきていたのです。そして、飛行機の中でふつうの探偵では考えつかないような作戦をたてました。なんと、じぶんが国宝を盗みだす予告をする怪人になりすますことで、二十面相をおびき寄せてつかまえる、というものです。

明智小五郎は、すずしい目をして言います。

「とうめい人間になったり宇宙人になったりしてきたきみは、そのうち未来からやってきた人間になりすまそうと考えていたんじゃないのかね？　あれもこれもやったから、まだやっていないのはそれぐらいだろう。ぼくは先まわりして、未来人Fになることにした。それだけでもしゃくにさわるはずなのに、ラジオで二十面相をコソドロよばわりすれば、二重にぶじょくされたきみが腹を立てないはずがない。情報を集めるため警察の内部にもぐりこみ、かならず未来人Fに近づいてくるだろう。じっさい、そのとおりになった。中村警部とすりかわるとまでは予想していなかったが」

「すべて……わなだったのか」

二十面相は、ギリギリと歯がみしました。こてんぱんにやられた気分なのでしょう。いくらくやしがっても、かれと探偵とを手錠がしっかりとつないでいるため、にげることはできません。せっかくだつごくできたというのに、もう鉄ごうしの中に逆もどりです。

「では、二十面相くん、パトカーで警察にごあんないしよう。お気にめさないだろうが、ぼくがつきそいだ」

「とくいげだな、明智。ルール違反《いはん》までしやがって。ここはおまえの勝ちだから、いまはいい気になってろ。だが、じきにほえづらをかかせてやるからな。アハハハハハ」

わなにはまった二十面相の笑い声が通路にこだましますが、負けおしみでしかありません。

名探偵のあざやかな手なみに、小林くんはバンザイと大声でさけびたくなりました。

警察と明智探偵が催眠術へのたいさくを立ててから、二十面相は拘置所にもどされました。

次の朝、小林少年は事務所で明智先生にコーヒーをいれながら言います。

「これでもう安心ですね」

「どうだろう。あいつのことだから、また思いもよらないことをするかもしれない」

「それではこまります」

「ああ、こまるね」

先生は、あまりこまった顔もしていません。またつかまえればいい、ということでしょうか。

「帰りの飛行機で未来人Fになることを考えて、帰国するなり日本じゅうをさわがせたというのはすごいことですね」

小林くんは感心するばかりでしたが、探偵はにこりともしません。

「ぼくはたいしたことはしていない。世間にさわぎが広まるように、必要最小限の細工をしただけさ。ラジオへの飛び入り出演と、名物コラムに書かれることを見こして記者のむすこさんに話しかけたこと。やったのは、そのふたつにすぎない」

「ええ、そうしておいて、あとはうわさが広まるのにまかせたんですね。ゆうかい事件があったことを言いあてたのは、警察にこっそりと聞いていたから」

「そう」

先生は、おいしそうにコーヒーを飲みます。

「日の出駅前の銀行に強盗がはいることは、警察でも事前にわかりません。あれは、先生が……」

「だれにもけがをさせないよう、注意してやったおしばいだ。あまりこわくない強盗だったと思うよ。予言を的中させるいちばんかんたんな方法は、予言したとおりのことをじぶんでやること。手品としては初歩の初歩だね」

「未来人Fのさわぎが広がっていくのは、楽しかったですか？」

「ハハハ。つまらないことを聞くね。それはもちろん、ゆかいだったよ。いつも二十面相がどんな気持ちで鉄人や宇宙人にばけているのか、あじわうことができた。こんごの参考にもなるだろう」

なにからなにまで、先生の思うつぼだったのです。こんなことを考えついて、計画どおりに実行できる人は世界じゅうをさがしてもほかにいないでしょう。

「でも、わからないことがあります」

「なんだい、小林くん？」

「東京オリンピックで日本人選手が十六個の金メダルをかくとくするというのは、どうしてわかるんですか？」

「わかるはずがない。それぐらいとってくれるとうれしい、というぼくの希望だよ」

「なあんだ。まじめに考えすぎました。では、二〇二〇年に東京でまたオリンピックが開催されるというのも……」

「うん。それぐらいにまた順番がまわってきてもおかしくない、という予想にすぎない。二、三日先のことでも来週のことでもないから、まちがっていると断定できる人はどこにもいない。そこがつけめだよ」

ありえないことですが、明智先生が悪の道にころんで二十面相のようになったらたいへんなことになる、と小林くんはこっそり思いました。そのときは、二十面相が心を入れかえて探偵になってくれさえすれば、つりあいがとれてよいのかもしれませんが。

先生にコーヒーのおかわりをいれているとき、またおかしなことを思ってしまいました。それを口にしようかどうしようか少しまよってから、明智先生に言います。

「東京オリンピックで日本人選手がとる金メダルは、ぼくも十六個のような気がします。なんとなく、思うんです」

それを聞いた探偵は真剣な顔になり、もじゃもじゃの頭をゆっくりとかきまわします。

「さすがは小林くんだ。するどい感覚を持っているね。こちらも感じたまま正直にしゃべろう。日本の金メダルは十六個だ。ぼくはそれを知っている」

　びっくりせずにはいられません。

「……先生は未来人なんですか？」

「ちがう。きみもそうじゃないけれど、やはり知っているんだ。どうしてだろうね？」

　考えてもわかりそうにありません。

「ひどく常識はずれなことを言うけれど、まじめに聞いてほしい。こう考えたらつじつまが合う、という答えが一つだけそんざいする。未来人がぼくたちを動かしているんだ」

「未来人がどこからどうやってぼくたちを動かせるんですか？」

「たとえば、きみやぼくが小説の登場人物で、未来の作者が過去をぶたいにお話を書いているとしよう。すると、どうなる？　たとえば二〇二〇年にいる作者が書いているとしたら、一九六四年の東京オリンピックで日本がとる金メダルの数もわかっているし、二度目の東京オリンピックの開催だって過去に生きているぼくたちにしゃべらせることもできる。オリンピックの開催は何年も前に決定することだから、二〇一五年ぐらいにいる作者でも書けるだろうね」

「先生もぼくも小説の登場人物だなんて、そんなことは信じられません」

「それはそうだろう。しかし、そうとでも考えなければぼくたちが未来を知っているることの説明がつかない。おそらく二十面相も知っているんだろう」

「なぜそう思うんですか？」

「地下の通路で、かれは『ルール違反までしやがって』と毒づいていたね。どういうことかわからなかったんだが、『一九六〇年代がぶたいなのに、作者に教えてもらった未来のことを話しやがって』という意味だったのだね。かれが言うとおり、今回はやりすぎてしまったかもしれない」

「ぼくたちは小説の登場人物……」

まるで実感がわかず、小林くんはほっぺたや胸をなでさすり、じぶんがここにいることをたしかめるのでした。

「でも先生、その推理があたっているとしたら、この物語を書いている作者はものすごく長生きですね。五、六十年もぼくたちや二十面相のお話を書き続けていることになります」

「太平洋戦争前からぼくたちは登場しているから、五、六十年どころではない。そんなに長生きな小説家はいそうもないね。おそらく作者はひとりではなく、何人かいる。書きつがれているのさ」

「そんな小説は、めったにありませんけど」

「ごくまれに、ある。いつまでも読者に愛されるとくべつな小説だ。きみやぼくや、二十面相の物語はそういう小説ということになる。少なくとも二〇二〇年近くまでは生きながらえることがやくそくされている、と言っていい」

「すごいことですね。ドキドキします」

小林くんは、リンゴのようなほっぺたが熱くなるのを感じていました。

「ああ、とてもたくさんの読者との出会いが待っているのだから、それを思うとドキドキするね。期待にこたえられるように、しっかりがんばろう」

「はい！」

思わず小林くんは、指先までのばした「きをつけ」の姿勢になっていました。

「二十一世紀でも、ぼくたちを応援してくれる人がいるんですね」

「もっともっと先の未来にもいるかもしれない。そうであってほしいものだね」

「終わりがあるとは思いたくありません」

「ぼくもだ。未来人Fと名のったときに考えたことがある。Fは、フューチャーやファンタスティックのFというだけではない。フォーエバー（永遠に）のFだったら最高だね」

「そう思います！」

　ふたりは、にこりと笑顔をかわしました。


　などと明智小五郎がきれいにまとめていたころ、二十面相は鉄ごうしの中でぶつぶつと文句をならべていました。あいては直立不動で見はっている看守です。

「返事をしなくていいから聞いてくれよ。きみがここの鍵を持っていないのは知っているから、もう催眠術なんか使わない。ただ聞いてくれるだけでいいんだ」

　だまったままの看守に、二十面相は一方的にしゃべるのでした。

「明智のやろう、この時代に生きている人間が言ってはいけないことをラジオで話した。こんなひどいルール違反がゆるされるわけがない。もっと紳士《しんし》だと思っていたのに、見そこなったよ。おまけに、おれをわなにかけるために未来人というアイデアまで使ってしまいやがった。未来人は、何年も前からずーっとあたためていたものなのに。あいつは、それでもいいだろうよ。こんどは鉄人だ、宇宙人だ、機械人間だ、とうめい人間だ、海底人だ、地底人だ、とこっちはたえず工夫をこらさなくてはならないのに、あいつはなんの知恵もしぼらず、いつもいつも『おまえは二十面相だな！』でおしまい。クリエイティヴィティってものがつめの先ほどもないじゃないか。こんな表現はこの時代ににあわないけれど、そんな言葉も使いたくなろうってものさ。いやになるよ。未来人があんなことで使用ずみになったら……ほかになにがある？　きみに思いつくことがあったらおしえてくれ。ただし、おれは独創性《どくそうせい》を重んじる犯罪芸術家だから、ほかのだれかが使ったアイデアはうけつけないぜ。東宝映画に出てきたガス人間や、液体人間や、キノコ人間なんていうのはいけない。退屈しのぎに、ちょっと考えてみてくれないか。おもしろいぞ。しんせんなアイデアをたのむ」

せすじをピンとのばした看守は口もとをもぞもぞさせたのですが、なにも答えはしませんでした。

五十年後の物語

歌野晶午

歌野晶午（うたの・しょうご）

88年に『長い家の殺人』でデビュー。2004年、『葉桜の季節に君を想うということ』で第57回日本推理作家協会賞、第4回本格ミステリ大賞受賞。12年に『春から夏、やがて冬』で第146回直木賞候補。

現在

告別式のあと、三好野《みよしの》の店に流れた。シャッターを下ろした店の小上がりでテーブルを囲み、ビールの栓を抜いた。

「こういう場合、乾杯、じゃないよな。お疲れさま、でもないし」

飯山芳紀《いいやまよしき》がグラスを手にしたところで困惑気味に笑った。

「お疲れさまだろう、岡田《おかだ》に対して。長い人生、お疲れさまでした」

三好野光一《こういち》はグラスを天に挙げ、さっさと口に運ぶ。

「長い？　どこが。早い、早すぎる。そんな理不尽ないだろう」

大関亮太《おおぜきりょうた》は怒ったように繰り返し、両手で握ったグラスをじっと見つめる。

「平均寿命からしたら若死にだけど、そういう病気にかかってもおかしくない年齢に達しているんだよ、われわれは」

私は自分に言い聞かせてもいた。

小中学校の同級生、岡田俊介《しゅんすけ》が死んだ。六十一歳だった。自覚症状がないまま重度に進行してしまうタイプの内臓疾患で、見つかった時にはもう手遅れだったという。

「医者を前に一席ぶってるよ」

大関に指さされ、そういうわけじゃと私は目を伏せる。

「たしかに、ここのところ毎年、健康診断で尿酸値が引っかかる。薬、効きやしねえ」

三好野が溜め息をつく。

「あたりまえでしょ、そうやって飲んだくれてりゃ」

カウンターの向こうから険《けん》のある声が飛んできた。

「今日は特別だ」

「何言ってるの、三百六十五日飲んでるくせに。飯山君、何か言ってやってよ」

「いいから、聡美《さとみ》もこっちに来て飲めよ」

「何か作れと言ったのは誰よ。そっちこそ、こっちに来て手伝って」

俎《まないた》に叩きつけるように庖丁を使う三好野の細君は、喪服のまま割烹着《かっぽうぎ》に袖を通している。彼女も私たちの同級生である。

「それ、何の本？　時代小説？」

三好野が小上がりを立ったあと、私は飯山に話しかけた。

「孫へのみやげ」

飯山はかたわらに置いてあった書店の手提げ袋から、ハードカバーの本を数冊取り出した。

「『仮面の恐怖王』、『怪奇四十面相』――四十面相って、怪人二十面相？」

「『よんじゅうめんそう』は誤り。『しじゅうめんそう』が正しい」

「懐かしいな、少年探偵団シリーズ。装画が昔と違う？」

大関が『魔人ゴング』を手にする。

「別の画家になってるね。判型も変わってる」

「へー、今も売ってる本なのか」

「クラスの男子の間で、全巻読破の競争状態らしい。図書館のは、学校のも市のも取り合いでなかなか回ってこないと嘆いてたから、買ってやろうかなと」

「驚いたな。まんま、俺らの時と一緒じゃねえか。こんなのを今の子も読むのか。ある意味時代小説だぞ」

「僕らにとっても十分古い話だったけどね。防空壕《ぼうくうごう》とか電話交換台とか、親も宿もなく就学していない児童が普通にいたり。作者ももうこの世の人でなかった」

「そうだな。ずいぶん昔の人だよな。江戸川乱歩って、死んで何年だ？　何十年？」

「でもさ、コンテンポラリーな作品ではないけれど、じゃあレトロな雰囲気に惹かれたのかといえば、そうではなかったように思う。今の子も同じじゃないのかな。何が夢中にさせるのだろうね」

「そりゃ、冒険のワクワクドキドキ感に決まってる。少年探偵団ごっこもしたしな」

三好野が大皿を抱えて戻ってきた。細切り叉焼《チャーシュー》に白髪葱《しらがねぎ》を散らしたもの、クラゲとキュウリの和え物、薄切りの豆腐にピータンを載せたもの——彼は中華料理屋の三代目である。ラーメンと中華丼しか作っていないという認識はあらためなければならないようだ。

「探偵ごっこ！　やったやった。王冠に紙を貼ってBDバッジを作った」

飯山が愉快そうに手を叩く。

「王冠は、俺がこの店のゴミ箱から調達したんだけど、結構な数作らなきゃならなくて、足りないからって新しいビールを何本か開けたら、親父に怒られた怒られた」

そのとき殴られたのか、三好野は頬をさする。

「少年探偵団ごっこなんてしたか?」

大関が首をかしげる。

「おまえは岡田派だったからな」

「ああ、そっちだけの遊びか」

「岡田派って?」

三好野夫人が餃子の皿を持ってやってきた。旦那が応じる。

「岡田のとこ、母子家庭だったろ。といっても母ちゃんは大企業お抱えの弁護士だったから、百坪の持ち家に住み、お手伝いさんや家庭教師が出入りしと、同情する気になんてなれなかった。うちのほうがよっぽど貧乏だった」

「そういえば岡田君、いつもおしゃれな服着てたっけ」

「当然、おもちゃは何でも買ってもらえる。アイスやコーラも常備。で、それ目当てで岡田の家にたむろしてたいやしい連中が、岡田派」

三好野は肘で隣を小突く。

「それが子供の素直な気持ちだろ。岡田を避けてたやつはひねくれ者。ケーキ食いたかったくせに」

大関が小突き返す。

「ちげーよ。ひねくれてたのは岡田。探偵団に誘ったら、そんな幼稚で無意味な遊びをやってられるかって言いやがって。十歳かそこらのガキが、なーに粋《いき》がってんだよ。あいつこそ、本当は俺たちにまじりたかったに決まってる」

「岡田、少年探偵団シリーズは好きだったんだよ。好きも好き、金にものを言わせて、誰よりも早く全巻読破したんだから。なのに僕らに加わらなかったのは、やっぱりひねてたのだろうね」

飯山が苦笑する。

「あなたたち、小学校では岡田君と仲悪かったの？」

聡美が一座を見渡した。

「岡田派の誰かさん以外はな」

旦那が答える。

「でも、中学の修学旅行の写真は、岡田君とじゃれあって写ってたじゃない、華厳《けごんの》滝でも東照宮《とうしょうぐう》でも。飯山君も一緒に三猿《さんざる》のまねしてたよ」

私がそうしたように、この夫婦も、岡田の訃報にふれ、卒業アルバムを見返したのだろう。

「たしかに。いつ仲が良くなったんだろう。何かきっかけがあった？」

飯山が意見を求めるように私に顔を向けた。

「たぶん……」

と何気なくつぶやいてしまったのが間違いだった。

「何?」

「いや、勝手な想像だから」

「いいから、聞かせてよ」

「黙っておくと約束したし」

「岡田と?」

「うん、まあ」

「相手がいなくなったら、約束も終了でしょう。それに、故人について話すのも供養じゃないの」

「どうだろう……」

「なんだよ、その煮え切らない態度は。だから藤谷《ふじたに》は結婚できなかったんだ」

大関が不愉快そうに言う。不愉快なのはこっちのほうだ。

「失業してUターンしてきて、年金目当てに実家に寄生しているし」

三好野も調子に乗ってあおる。ハラスメントよとたしなめる細君も笑っている。

「七代目小林芳雄のこと憶えてる？　どうせきれいさっぱり忘れてるんだろうな」

一対四の劣勢を跳ね返せず、私は重い口を開く。

五十年前

「私」がまだ「ぼく」だった小学五年生の秋のある日、ぼくたちは怪人を追っていた。

もみあげとつながった顎髭《あごひげ》、後ろ前にかぶったくたくたの野球帽、結構な歳なのに半ズボン、それでいてサラリーマンが履くような革靴――怪しい。怪しすぎる。

三好野が電柱の陰から顔を出し、タイミングをはかって次の電柱の陰までダッシュする。飯山とぼくが中腰でそれに続く。男は競歩の選手のように腕を力強く振って歩き、四つ角にさしかかると、自転車教室で教えられたように、曲がる方向の腕を水平に伸ばす。やっぱり怪しい臭いがぷんぷんする。

少年探偵団シリーズに感化され、ぼくらは二小探偵団を設立した。三好野の店の屋根裏部屋を本部とし、放課後に集まっては、暗号やロープの結び方の勉強をした。休日には公園で格闘術の訓練を。まあプロレスごっこだけど。

実戦にも出た。駄菓子や漫画を餌に車に連れ込もうとする不審人物が出没しているから気をつけるようにと、全校集会で注意があった。じゃあ自分たちでそいつを捕まえてやれと、校区内の見回りを行なうことにしたのだ。そして半ズボンに革靴の男を見つけた。

男は時折、「それは違うぞ」とか「まさに！」とか、手振りをまじえて声をかける。誰にということではなく、誰もいない空間に向かってだ。怪しい。怪しすぎる。でもそれだけでおまわりさんを呼ぶわけにはいかないから、子供にガムを渡すとかいう決定的な場面をおさえるため、ぼくたちは尾行を続けていた。

そのさなか、次の電柱に移動するタイミングをはかっていた時だった。

「小林芳雄？」

聞き憶えのある声がして、しかもとてもなじみ深い名前だったもので、ぼくら三人はいっせいにそちらに顔を向けた。

そこは、家と家に挟まれた、公園と呼ぶにはあまりに狭い公園で、たった一つの遊具、ブランコの横に岡田俊介の姿があった。二時間前学校にいた時とは服が替わっているから驚きだ。

岡田の前にはサングラスの男が立っていた。外から目がまったく見えないほど濃いレンズで、シャツもズボンも黒という、黒ずくめの男だ。それでいて肌が紙のように白く、その極端なコントラストは、漫画やテレビの登場人物を思わせた。

「そうだよ、少年探偵団の団長、小林芳雄」

男は胸を張って腕組みをする。

「嘘だぁ。小林団長は十三歳だもん」

「昭和十一年にね。『電人M』の時には少なくとも三十五歳にはなっていた。あの事件の発端は東京タワーで火星人が目撃されたことだったけど、東京タワーができたのは昭和三十三年だ」

「三十三引く十一は二十二。十三足す二十二は三十五」

「そうだ。賢いね」

「僕もちょっとおかしいと思ってたんだ。だって小林団長、自動車の運転をしてるんだもん。車の免許を取れるのは十八歳からだよね」

「よく知ってるね。当時は、小さい車の免許は十六歳で取れたんだけどね」

「でも、変だよ。今おじさんは三十五くらいに見えるけど、今は昭和三十三年じゃないもん。もっと老けてないとおかしいじゃん。だいたい、小林団長は小説の中の人だから、こうして現実の世界にいるわけがない」

「合格！」

男はぽんと手を打った。

「君を試してみたんだ。探偵団を率いるだけの才能があるか。君には嘘を論理的に見抜く能力がある。一次試験は合格だ」

男は、きょとんとする岡田の手を取り、盛大に握手をした。

「実はおじさんはこういう者なんだ」

男は名刺のようなものを岡田に渡す。

「『公認少年探偵団団長　七代目　小林芳雄』」

「君、少年探偵団が大好きなんだろう？」

「まあね」

岡田は小脇に抱えていた『黄金の怪獣』を胸に抱いた。

「学校の友達と少年探偵団を結成してるんじゃないかい？」

「んー、やってる子もいるけど」

「君は違うの？」

「だって、バカみたいなんだもん。ＢＤバッジを落としながら尾行って、じゃあ十キロつけなきゃならなくなったら、いったい何個必要なの？　電車に乗られたら？

お話としてはおもしろいから読むけど、現実に再現しようとするのはバカだよ。四歳の女の子のままごとと一緒。しかも王冠に色紙を貼った代物だよ。ゴミじゃん。カッコわるー」

このとき三好野が飛び出していきそうになったのだが、飯山とぼくとでなんとか抑えつけた。

「これもカッコ悪い？」

サングラスの男はポケットから何やら取り出し、岡田の掌《てのひら》に落とした。

「何、これ？」

「本物のBDバッジ。ずっしり重たいだろう？　真鍮《しんちゅう》だからね。文字も彫ってあるんだよ。カッコいいだろう？」

「本物なんてあるの？」

「あるよ。公認の団員だけが持つことを許されている。それが、これ。友達が自作したのとは全然違うだろう？」

「公認って？」

「江戸川乱歩先生の公認。先生のお墨つきで少年探偵団が結成されたんだよ。少年探偵団シリーズがはじまって間もなくのことだから、歴史は戦前までさかのぼる。

何のために作られたのかというと、悪人を捕まえるためじゃないよ。小説の中ではいいけれど、現実に子供にそんな危ないことはさせられない。イベント活動さ。日本中を回って少年探偵団シリーズを広め、少年探偵団がテレビやラジオになる時にはその宣伝のお手伝いもする。団員は全部で三十人くらいで、それぞれが少年探偵団の団員を演じているんだ。小林団長以下、副団長の大友君、井上君にノロちゃんの名コンビ、花崎マユミさんやポケット小僧もいるよ。もちろん結成当時からずっと同じ人がやってるんじゃないよ。演者は何年かおきに交代している。で、僕は小林団長の役をやっている。こんなおじさんだけど、拝命したのは十三歳の時で、本物の小林少年みたいにリンゴのような頰をしてたんだぜ。本当は、こんなおじさんになる前に若い子にバトンタッチしたかったんだけど、適任者が見つからなくてね。これが有田君や小泉君のような一団員なら、そこそこの人材で妥協するんだけど、小林団長はそうはいかない。頭脳明晰で機智に富み、冷静沈着で勇猛果敢、正義感が強くてやさしくなければならない。だから小林団長だけは、どの代でもなかなか跡継ぎが決まらなくて、結構な歳までやることになるんだ。でも、今日、ついに、跡継ぎを見つけた。君、八代目になっておくれ」

男は岡田の手を両手で強く握りしめる。岡田はあっけにとられた表情で男を見つめる。

「もっとも、二次試験に合格してくれないことにはだめなんだけどね」

「二次試験？」

「喋りがうまくないとできない仕事だから、そのテスト。君は授業で積極的に手を挙げるほう？」

「うん。ハキハキ答えてるよ」

「じゃあだいじょうぶかな。あと、写真写りも見たいから、ちょっと事務所まで来てよ。一時間で終わる。終わったらおうちまで送ってあげるから」

男は岡田の手を放さず、そのまま引っ張って公園を出る。ぼくたちが隠れている電柱とは反対側に行ったので、見られずにすんだ。

「スカウトされちゃった。すげー」

飯山が大きく口を開け、小声で漏らした。

「おまえたちのはままごと、こっちは本物って自慢するつもりなんだぜ。あのＢＤバッジを見せつけて。ヤなやつだねぇ」

三好野が眉をひそめる。

「公認の少年探偵団なんて初耳だけど」

ぼくは首をかしげる。

「ホント、びっくりだ。募集してないのかな。そしたら応募するのに」

「事務所に行くって言ったけど、そういうのがあるとしたら、ふつうは東京じゃない？」

「支部があるんじゃねえの」

「あの人の話、うますぎると思う」

「そりゃ、大人だもん」

「そういう意味じゃなくて、うまい話にはご用心というやつ。先生にも注意されてるじゃない。あのサングラス、人さらいということはない？」

三好野と飯山が顔を見合わせ、それから岡田と男の方に揃って目をやった。二つの背中はかなり小さくなっている。

「さらって監禁して、推古仏《すいこぶつ》とか真珠塔とかを要求するの？」

飯山が言った。

「二十面相じゃないから、要求は現金だと思うけど」

「岡田の家は金持ちだから、身代金をたっぷり取れるな。うん、誘拐だよ。俺もそんな気がしてきた」

三好野が腕組みをする。

「ぼくたちへの対抗心が強いあまり、ほいほい飛びついてしまったのかもしれない」

「ままごとだ、お子さま探偵団だと、さんざんコケにしてくれた報いだ。ざまー」

「でも、ほっとくのはまずくない？」

怖い目に遭う程度ですめばざまあみろだが、危害を加えられるようなことがあったら、いくら嫌いなやつだとはいえ、気持ちのいいものではない。まして殺されでもしたら――。

「しょうがない。助けてやるか」

三好野が鼻の頭をこする。

「どうやって？　相手は大人だよ」

飯山が不安そうに声をひそめる。

「こっちは三人、岡田を入れたら四人だ。四対一なら楽勝」

「ピストル持ってるかも」

「こんな街中じゃ使えねえよ。ぶっ放したら、すぐに人が集まってくる。よう、これって、本当の探偵活動じゃないか。わくわくしてきたぞ」

三好野はぴょこんと立ちあがる。どこかの角を曲がったのか、岡田と男の姿は消えていたが、とりあえず二人が歩いていった方にぼくたちは向かった。さっきまで追いかけていた半ズボン男のことは、すっかり頭から消えていた。

岡田と男はすぐに見つかり、あとをつけていくと、パチンコ屋の駐車場に入った。男は渋い緑色の乗用車のドアを開けた。

「乗られたらおしまいだ。行くぞ」

三好野が軍曹のように手で合図を送る。

「飛びかかればいいの？」

飯山は早くも腰が引けている。

「ふつうでいいんだよ。おーい、岡田」

三好野は手を振りながら車に近づいていく。何度かの呼びかけで岡田が気づき、ぼくたちの方に顔を向けた。

「やっと見つけた。約束は守れよ」

岡田は怪訝《けげん》な表情で突っ立っている。サングラスの男も、シートに尻を置いた状態で固まっている。

「ドッジボール大会の練習だよ。おまえはいつも足を引っ張るくせに、さぼるとかゆるさん」

三好野は適当なことを言いながら岡田の腕を取る。

「一組にだけは絶対に負けられないからね」

ぼくも調子を合わせ、反対の腕を取る。

「じゃ、約束なんで。これ、おじさんの車？　かっちょいー。今度乗せて」

飯山が背中を押し、岡田を三人で囲むようにして駐車場から離れた。

パチンコ屋が見えなくなる。サングラス男は追いかけてこない。

「感謝しろよ」

三好野が岡田を突き放した。

「何だよ、ドッジボールって」

岡田が三好野を睨みつける。

「おまえ、誘拐されるところだったんだぞ。公認少年探偵団なんて、あるわけないだろ。コロッと騙されやがって」

「大きなお世話だ」

「命の恩人に対して、ふざけんじゃねえぞ、こら」

「あーあ、これだから、バカは」

「はあ?」

「インチキってわかってたよ。五秒で見抜いた」

「嘘を見抜いてたのに、どうしてふらふらついていくんだよ。負け惜しみを言うな」

「敵の懐に入るために引っかかったふりをしてただけだ」

岡田はニヤリと笑って、

「怪しいからって逃げたのでは、問題の根本的解決にはならない。あえて捕まることでいろんな証拠が手に入り、犯人逮捕につながる。虎穴《こけつ》に入らずんば虎児《こじ》を得ず。これこそ実戦的な探偵術」

腰の横に手を当て、胸を張る。

「捕まったら逃げられないじゃん。逃げられなければ、証拠を手に入れても役に立たない」

飯山が言う。

「逃げる方法はいくらでもある」

「相手は大人だぞ。殺されるかもしれない」

ぼくもだんだん腹が立ってきた。

「ほっとこうぜ」

三好野は怒りを通り越し、あきれているようだった。

「あーあ、せっかくお子さま探偵団との違いを見せつけてやろうとしたのに、計画がだいなし」

岡田は頭の後ろで手を組んで夕空を仰ぐ。

「誘拐されちゃえばよかったのに」

いつもは一番温厚な飯山が捨て台詞を吐き、ぼくたちは岡田に背を向けた。


次の土曜日の午後、飯山とぼくは探偵団の活動を行なった。肩車で八幡さまの階段を上り下りして足腰を鍛え、麻酔薬をかがされても耐えられるように息を止める訓練をした。けれど三好野がいないもので盛りあがらず、一時間ほどで解散となった。彼は店のビールを勝手に開けたことがばれ、親父さんに謹慎を食らっていたのだ。

家に帰ったら勉強しろとうるさく言われるだけなので、飯山と別れたあと、商店街の方に歩いていった。すると、昔どこかの会社の社宅が建っていて、今は更地のままゴミ捨て場のようになっているところに、見憶えのある乗用車が駐まっていた。

渋いグリーンのフォードア――先日岡田を連れ去ろうとした男が乗っていた車に似ていた。

車内は無人に見えた。あたりにサングラス男の姿もない。ぼくは吸い寄せられるように車に近づいていった。

やはりこの間の車のように思えた。ナンバーは憶えていなかったが、そうそう見かけるような車種ではない。そして、やはり中に人はいなかった。

ぼくの頭に〈黒い糸〉が浮かんだ。小林団長が使う自動車追跡装置で、コールタールを満たしたブリキ缶を賊の自動車の下に取りつけ、缶の小さな孔《あな》から糸を引いて落ちるコールタールをたどってアジトを見つけるのだ。それをこの車に仕掛ければ、誘拐未遂犯の家を突き止められる。その場所と、そこに住む男の怪しい行動を警察に伝えれば、逮捕につながるかもしれない。そしたら岡田の鼻を明かすこともできるのに。

〈黒い糸〉を持っていないぼくは、無念に思いながら、ポケット小僧はトランクに隠れるのだけどなあと、未練たっぷりに車の周りをうろうろした。

すると、トランクは開かなかったけれど、後部座席のドアレバーをいじったところ、カチリと音がして、ドアが手前にずれた。鍵がかかっていなかったのだ。ぼくは驚き、しばしその場で固まっていたが、あたりに人の姿がないことを確認すると、ドアをそろそろ開けて、隙間から車の中に忍び込んだ。そのまま乗っていこうとしたのではない。車内に悪だくみの証拠がないかと思ったのだ。ぼくは通行人に見つからないようドアを閉めて、窮屈な姿勢で車上荒らしをはじめた。

後部座席は服や本や紙袋で腰かけるスペースがないほど散らかっていたため、作業は、一分、二分では終わらなかった。だから男が戻ってきてしまったのだ。

ザクザクと砂利を踏む音に気づいたぼくは、座席の足下に横になり、そのとき手にしていた膝掛けを体の上にかけた。とっさの行動だった。

ガチャリと音がした。ぼくは息を詰めて身を硬くした。両目もぎゅっと閉じた。がさごそ音がする。音の方向からして、人がいるのは運転席だ。今にも、「おい!」とドスのきいた声とともに膝掛けを剝がされるのではと、恐怖で心臓が止まってしまいそうだった。

キュルルルという音に続き、ブォンとエンジンが噴きあがった。カーラジオから外国の音楽が流れ出す。下から小刻みな振動が伝わってきて、車がゆっくり動き出した。

一旦停止する。すぐまた動き出す。砂利の音がなくなる。停まることなく走り続ける。運転手はラジオからの音楽に鼻歌を合わせる。音の高さから判断して男だ。走っている間はだいじょうぶだろうと、ぼくは考える余裕が出てきた。ポケット小僧ほどではないけれど、ぼくも小柄なので、気づかれなかったのだろう。

でも、安心してはいられない。車が目的地に到着し、運転手が荷物を降ろそうとしたら、今度は間違いなく見つかってしまう。

ぼくの上着のポケットにはミニサイズの筆記用具が入っている。少年探偵団七つ道具の一つで、探偵団活動をする時にはかならず身につけている。これで助けを求める手紙を書き、BDバッジを包み込んで、窓から外に投げる。少年探偵団の基本中の基本だ。『鉄人Q』で北見君も教えられていた。

けれど今のこの状況では、それら一連の行動はとても取れない。筆記具をごそごそ探っただけで気づかれてしまう。

反対のポケットには七つ道具その二、呼び子の笛も入っている。しかしこれを吹いても、運転手の耳に届くだけだ。

妙案が浮かばないまま、車が停まった。出発後幾度か停止したが、今回は信号待ちではなかった。停まったかと思ったら、ギイッとサイドブレーキが引かれ、ドアが開く音もしたのだ。

ぼくはふたたび息を詰め、身を硬くした。

ガラガラキイッと耳ざわりな金属音が響いた。シャッターだとすぐにわかった。うちの向かいの佐竹さんがガレージを開け閉めする時にこういう音がする。

車のドアが閉まった。ゆっくりとバックしはじめる。大きくカーブするのもわかる。やっぱりガレージに入れている。目的地に到着してしまったのだ。

車が停止した。エンジンの音もやみ、カーラジオも消えた。ドアが開く。

今だ!

ガバッと起きあがり、後部のドアを開けるや車外に飛び出し、そのまま表に駆け出す。突然のことに男は驚き、すぐには反応できないから、ガレージから道路に出るところまではうまくいく。そのあとかけっこになったら走力が違いすぎるけど、追いつかれることはない。なぜなら、やつは追いかけるのを断念するから。昼日中、大の大人が鬼の形相で子供を追いかけまわしていたら、道行く人が黙っていない。かくてぼくは逃走に成功するのだった。

勇ましいのは想像だけで、実際には膝掛けをかぶってうずくまり、神様神様と、さっきまで遊んでいた八幡さまの社《やしろ》を思い浮かべながら祈っていた。

けれど祈りは通じたようで、運転席のドアが閉まったあと、後部のドアが開くことはなく、足音が去っていった。キイッガラガラと金属音が鳴り響く。

すべての音が消えたあとも、ぼくは床でじっとしていた。男は外からガレージを閉めたのではなく、出ていったふりをして中からシャッターをおろしたかもしれないからだ。とっくに闖入者《ちんにゅうしゃ》のことに気づいていて、運転手は去ったと安心して出てきたところを捕まえようとたくらんでいる。
一、二と、声に出さずに数を数える。五百まで数えても何も起きなかったので、膝掛けを半分だけはずしてみた。何も起きなかったので、全部剝がし、そろそろと体を持ちあげた。それでも何も起きず、窓から外を覗いた。
真っ暗だった。シャッターの隙間から、わずかに光が射し込んでいるだけだ。ぼくは上着のポケットから七つ道具その三であるペンライトを取り出して、光の輪を闇に向けた。

六畳くらいの広さだろうか、車のほかに自転車が二台置いてある。灯油のタンクや箒も見える。

ぼくは車から降りた。大きな音を立てないよう気をつけてドアを閉め、ペンライトの明かりを頼りに出口まで歩いていくと、シャッターの前にかがんで隙間に両手の指先をこじ入れ、上方向に力を入れた。

ぎしりと軋んだだけで動かず焦ったけれど、鍵がかかっているのだとすぐに察した。案の定、シャッターの真ん中あたりに金属のつまみがあった。三好野の店のシャッターもこうなっている。ぼくはこのつまみを九十度回してから、あらためてシャッターに手をかけた。

びくともしなかった。今度は本当に焦った。さらに力を加えても持ちあがらない。つまみを回し直しても状況は変わらない。

建てつけが悪いのだろうかと、シャッターを蹴りつけようと脚を振りあげたところで思いとどまった。男が様子を見に飛んできてしまう。

ぼくはシャッターからいったん手を放した。ほかに出口はないだろうか。ガレージ内をライトで上から下まで嘗めるように照らしてみるが、ドアも窓も上げ板もない。だからもう一度シャッターを開けようと試みたのだが、一センチも持ちあがらなかった。焦る気持ちがどんどん大きくなっていく。

このまま脱出できなかったらどうなるだろう。車を使うために男がやってきたら捕まってしまう。うちは岡田君のところみたいに金持ちではありませんと訴えたら解放してくれるだろうか。男がやってこなかったらこなかったで大変なことになる。あしたは日曜日だからいいとして、あさってまでに出られなかったら学校は？　いや、そんな先のことでなく、今晩家に帰らないと母さんに怒られてしまう。罰としてごはん抜きだ。いや、お仕置きなんかじゃなくて、ここにいるかぎり、ごはんは食べられない。水も飲めない。緊張が続いていたからか、喉はもうカラカラだ。このままだと明日が来る前に脱水で倒れてしまう。心臓のドキドキがドキンドキンになる。

べそをかきたくなる自分を叱りつける。小林団長は水責めで首までつかってもあきらめなかったぞ。自分は縛られてもいないんだ。考えろ！　考えろ！

とりあえずペンライトを消した。電池がもったいないからだ。そう判断できる冷静さはまだあった。

ライトを消すと、シャッターの隙間がぼんやり光って見える。光が入ってくるということは空気も入ってくるということで、少なくとも窒息の心配はない。ぼくは少し落ち着いた。

ポケットを探る。虫眼鏡と方位磁石――これも七つ道具だが、今のピンチを救ってくれそうにはない。悪人を縛ったり縄ばしごとして使えたりするからと、ズボンにはベルト代わりに細引きを巻いているけど、使いようはある？

ぼくはもう一度ペンライトをつけた。自転車の陰に金属製の四角い箱を発見した。

留め金をはずして開けてみると工具箱だった。ドライバーで開けられるかもと、シャッターの隙間にこじ入れて柄を斜めに持ちあげてみたものの、滑るばかりだった。梃子《てこ》にするには短すぎるのかもしれない。

と、箒があったことを思い出して取ってきた。長さは梃子にするには十分だったが、柄が太すぎてシャッターの隙間に入らなかった。また焦りが押し寄せてくる。テレビだったら、車で突っ込んでシャッターを壊して出ていくのに。五年生にはそんなまねはできないので、車内に何か使える道具がないか探した。

後部座席にはこれといったものがなく、前の席に移って、ドアポケットやグローブボックスをあさっている時だった。

ガッシャーンという音が聞こえた。ガレージの外からだ。壁で隔てられているため、音は小さくくぐもっていたが、結構派手な感じの衝突音だった。何だろうと気になったものの、もっと気になるものをサンバイザーの裏で発見したところだったので、ぼくはそっちに気を取られていた。

すると突然、ガラガラキイッと嫌な音が鳴り響き、同時に車の外がパッと明るくなった。シートに座っていたぼくは、飛行機が緊急事態に見舞われた時のように、前かがみになり、頭を両膝の間に入れた。そうやって身を隠すだけでせいいっぱいだった。

でもぼくがいるのは助手席。さっき後ろで膝掛けを隠れ蓑にしていた時とは違い、やつに運転席に乗り込まれたらアウトだ。

ガチャガチャと音が鳴る。亀のように身を固める。ドアが開く――。

うん？　開かない？　足音が遠ざかっていく？

ぼくは固まっている。ドアはまだ開かない。声をかけられることも叩かれることもない。

膝の間から少しだけ頭を上げ、横を向いてみた。

車の外は明るいように思われた。ということは、シャッターが開けっぱなしになっている？

これを逃したら二度と機会はないと、ぼくは心を決めて上体を起こした。人の姿はなかった。シャッターは半分開いている。

車を降りた。シャッターまで歩いていき、壁にすがりつくようにして、おそるおそる外を覗いた。人の姿はない。細い道の左右に一戸建ての民家が建ち並んでいる。見たことのない風景だ。自分の家がどっちにあるのかわからないけど、とにかくこの場を離れないと。

ガレージを飛び出して間もなく、丁字路《てい》にさしかかった。ジグザグに走ったほうが追っ手を撒きやすいと思い、曲がることを選択したぼくは、うわっとへんてこな声をあげた。人がいただけでもびっくりなのに、それが知っている顔だったからだ。例の男ではない。

「岡田？」

そう、岡田俊介だったのだ。自転車と一緒に道の端に立っていた。

「ここ、どこなの？」

なぜ彼とここで出くわしたのか、わけがわからなかったが、それよりもっと知りたいことを尋ねた。

ところが岡田からは答えが返ってこなかったばかりか、彼は自転車をくるりと百八十度反転させ、サドルにさっとまたがり、そのまま漕ぎ出してしまった。

「待って。待ってよ」

ぼくは手を伸ばして追いかける。岡田は止まらない。振り返りもしない。

「待ってってたら。家に帰りたいんだ。道がわからない。ここ、どこ？　ストップ！」

岡田は自転車を漕ぐ。ぼくは走る。しばらくは、がんばれば手が届きそうな距離で追走していたが、だんだん背中が小さくなり、ついに見えなくなった。

ぼくはあきらめ、というか力つき、立ち止まって電柱にもたれかかり、肩で息を繰り返した。

その電柱の広告看板にある住所から、隣の小学校の校区だとわかった。知らない道だけど、家の方向はなんとなく見当がつく。

大通りを越えて二小の校区に入ったところで、見知った顔に出会った。どういうわけか、またも岡田だった。ジュースの自動販売機の横に自転車を停めて立っていた。

「なんで逃げるんだよ」

ぼくは指を突きつけながら近づいていった。

「逃げてない」

今度は喋った。

「逃げた」

「引っ張ってやったんだ」

「引っ張る？」

「藤谷は一秒でも早くあそこから離れたかったんだろう？　俺を追いかけることで

速く走れただろう？　感謝しろ」

岡田は悠然とコーラを飲む。

「おまえはどうしてあんなところにいたんだよ」

ぼくは釈然としない。

「藤谷を助けるため」

「はあ？」

「自転車でぶらぶらしてたら、空き地に見憶えのある車が置いてあった。この間俺をさらおうとした男の車だ。あの時、騙されたふりをして敵の懐に入り込もうとしたのに、誰かさんたちにじゃまされたから、今度こそ囮捜査を成功させてやると、ゴミの陰に隠れて、男が車に戻ってくるのを待っていた。すると、あいつでなく藤谷がやってきて、勝手に車に乗り込んだ」

「悪だくみの証拠がないかと思ったんだよ」

「そうだろうとは思ったよ。ところがあの男も戻ってきてしまい、車は走り去った。見捨てられないよな、同級生としては」

岡田はコーラのボトルを振る。一口ほしいけど、尻尾を振りたくないのでがまんする。

「自転車で追いかけてきたの？」

岡田の自転車はスポーツタイプだが、自動車との力の差は歴然だ。漕いでいるのは小学生なのだし。車は、ぼくを乗せて走っている間、渋滞にはまっていたようでもなかった。

「べつに目視しながら追走する必要はないだろう」

難しい単語に、ぼくは首をかしげる。

「藤谷が来る前に仕掛けておいた追跡装置が行く先を教えてくれたから、自転車でゆっくり追いかけた。囮捜査でピンチに陥った時に、誰かに居場所を教えるために仕掛けておいたんだけど、それが違った形で役に立った」

「追跡装置って、〈黒い糸〉？」

「あんな仰々《ぎょうぎょう》しいもの、どうやって用意するんだよ。コールタールの量はたいしたことないから、長距離の追跡はできないし。世の中にはもっと実用的なものがあるだろう。〈透明な糸〉が」

岡田がジャンパーのポケットを叩く。

「シャッターを開けてくれたのも岡田君？」

いつの間にか「君」づけで呼んでいた。

「開けたのはあの男。俺は開けさせただけ」

「どういうこと？」

「あのガレージ、シャッター本体の鍵とは別に、もう一つ鍵がついている。外のコンクリートに金属のフックが埋め込んであって、それとシャッターの下の孔が南京錠で結ばれていた」

「だから中からいくらやっても開かなかったのか」

「その南京錠を、俺が男に開けさせた」

「どうやって？」

「二万円で」

「二万円？」

「そうさ、藤谷の救出にはそれだけ金がかかってるんだ。感謝しろよ」

岡田はぼくの肩をバシバシ叩くと、自転車にまたがり、立ち漕ぎで颯爽《さっそう》と去っていった。

岡田の話には全然納得できなかったし、それとは別に、もやもやした気分がぼくの中に漂っていた。

考えがまとまるまで一週間かかった。ぼくの頭が悪かったこともあるけど、学校の勉強や観たいテレビ番組もあるわけで、岡田のことばかり気にしているわけにはいかなかった。

土曜日の午後、謹慎が明けたから屋根裏で活動再開という三好野の招集は断わり、岡田の家を訪ねた。岡田派の連中が集まっていたら日をあらためるつもりだったが、岡田は一人、テラスでラジコンカーの整備を行なっていた。

「操縦してみる?」

岡田はプロポを差し出してきた。ラジコンは、戦車もボートもヘリコプターも、一度も操縦したことがなかったので、二つ返事で受け取りたかったのだけど、楽しい時間を過ごしていたら、肝腎《かんじん》の話を切り出しづらくなる。

ぼくはいきなり言った。

「あの人、岡田君のお父さんなんでしょう?」

「は?」

「サングラスのあの人。深緑の車の男の人」

「意味不明」

岡田は顔をそむけ、プロポのホイールを力まかせにねじる。

「ガレージに閉じ込められた時、いろんなところを覗いたんだ。パニックになってたから、何を探したってことではなくて、脱出するために何か探さなきゃって感じで。車の中も引っかき回した。そしたら運転席のサンバイザーの裏側に写真が挿してあった。一枚は岡田君の写真。登下校中の姿っぽくて、なんか望遠レンズで隠し撮りしたみたいだったから、やっぱりこの車の男は誘拐犯で、金持ちの岡田君に目をつけて、写真を撮ったりして周到に計画を立てていたのだと思った。

写真はもう一枚あって、男の人と女の人が並んで椅子に座っていて、二人で赤ちゃんを抱えてほほえんでいた。写真館で撮ったような写真。女の人の顔を見て、ある人のことを思い出した。岡田君のお母さん。授業参観で見るたびに美人だなあと思ってたからよく憶えてるんだけど、写真の女の人が似てる顔をしていた。でもどうして岡田君のお母さんの写真があるのだろう。誘拐する子の親も知っておく必要があるからかな。でも、写真館で撮ったようなきちんとした写真をどこで手に入れたのだろう。

あの場で考えたのは、そこまで。突然シャッターが開いて、身を隠したり、脱出したり、そしたら岡田君がいたりで、写真のことはすっかり頭から消えていた。

思い出したのは、家に帰って落ち着いてから。写真の女の人が岡田君のお母さんだとしたら、赤ちゃんは岡田君ということになる。岡田君にはきょうだいがいないからね。すると、もう一人写っている男の人は、赤ちゃんのお父さんと考えるのが自然だよね。つまり岡田君のお父さん。そして、ああいうきちんとした家族写真を持っているのは、写っている家族だけじゃないのかな。え？　じゃあ、車の持ち主が岡田君のお父さん？　サングラスの誘拐犯が？」

「バカじゃねえの」

岡田はラジコンカーをひっくり返し、シャーシのネジを締める。

「ホント、何バカなこと考えてるんだと思ったよ。でも、一度頭に浮かんだことはなかなか消せないし、ばかばかしいネタほど魅力的ってことない？　ぼくもどんどん想像が膨らんじゃってさ」

岡田の父親は、離婚したあと、何らかの事情により、息子に会うことが許されなかった。だから通学中の様子を窺っては写真を撮っていたのだが、そのうち見るだけでは我慢できなくなり、父親とは名乗らず声をかけた。息子はよく少年探偵団の本を持って歩いていたので、公認少年探偵団の話で釣って家に連れてゆき、父と子の時間を過ごそうとした。

いっぽうサングラスの男に声をかけられた岡田は、この人は自分の父親ではないかと感づいた。過去に母親が持っていた写真をこっそり見るなどして、父の若いころの顔が頭の中に入っていた。彼もまた、まだ見ぬ父親に思いを馳せていたのだ。だから、七代目小林芳雄を信じたふりをして、ついていくことにした。

「ところがぼくたちがじゃましちゃったもので、あの日お父さんの家に行くことはできなかった。で、ぼくたちには、囮捜査を妨害しやがってと、ごまかした」

　岡田は否定も肯定もしない。眉間に縦皺を寄せてパーツをいじっている。

「先週の土曜日、お父さんはもう一度岡田君を誘うためにこの町にやってきた。ところが岡田君を見つけることはできずに自宅に戻り、車の中にぼくがいるとは知らずにガレージを閉めてしまったものだから、あんなことになってしまった。

　そのころ岡田君は、お父さんの家の近くにいた。車をつけてきたんじゃなくて、別の方法、たとえばお母さんの手帳を見るとかして、お父さんの今の住所を突き止めたのだと思う。でも、来てみたものの、いきなり訪ねる勇気はなくて、家の近くをうろうろしていた。そこに、同級生がガレージから飛び出してきたもので、びっくりして逃げてしまった。逃げながら、藤谷を助けにきたなどという言い訳を考えた」

　ぼくは腰の両脇に手を当て、テラスに座る岡田を見おろした。

「とんだ名探偵だな」

岡田が手と尻をはたいて立ちあがった。

「認めないの？」

ぼくは顎を突き出す。

「今の話、三好野や飯山にはしたのか？」

「ううん」

抜け駆けして探偵活動したことが後ろめたく、いっさい黙っていた。ことに三好野は嫉妬するタイプなのだ。

「じゃあ金輪際話すな。ほかの誰にも」

「うん。あの人がお父さんだとは黙っておく」

「あのおっさんが父親だというのはおまえの勝手な想像だ」

「違うの？」

「妄想」

「でも、お父さんと考えているんだよね？」

「大きなお世話だ。それより、おまえの推理が的はずれすぎで、そんなのを得意げに話したら恥をかくだけだと注意してやってるんだ。感謝しろよ」

「的はずれ？」

「俺は藤谷があのおっさんの車に乗り込むところを見たし、その車を〈透明な糸〉で追跡した。そして俺がおっさんにシャッターを開けるよう仕向け、おまえをガレージから出してやった。これが事実だ」

「えーっ？」

「どうやって家を突き止めたか、どうやってシャッターを開けさせたか、知りたいか？」

「知りたい」

「今日のことは誰にも話さないと約束したら教えてやる」

岡田は握った右手を突き出した。ぼくも右手で拳を作り、彼の拳にコツンと当てた。

現在

「岡田の父親らしき人物について彼と話したのはその日かぎりで、その後二人がどうなったのかは知らない。でもおそらく、そう遠くない時期に二人で会う機会があったのではないだろうか。そして何度か会ううちに自然な成り行きで、父と子であることが確かめられた。岡田がひねくれていたのは、父親が不明であることが結構かかわっていたんじゃないかな。だから父親と対面をはたしたことで心が落ち着き、以降は性格がだんだん丸くなった。というのが、当方の勝手な想像」

ようやく話が着地し、私は乾いた唇をビールで湿らせた。話の前半は、三好野と飯山も記憶を取り戻しながらわいわいやっていたのだが、後半は独演状態だった。老いた親に寄生していることが恥ずかしく、普段は人との接触を避けている。これだけ多く喋ったのはいつ以来だろう。

「ありそう」

聡美がうなずいた。

「もっともらしいけど、実際、そういうことはあるのか？　医者として、どうよ」

三好野に振られ、

「皮膚科医に訊くなよ」

飯山が首をすくめる。

「〈透明な糸〉って何だったんだ？」

大関が私に尋ねてきた。

「GPS」

「ああ」

「岡田は何でも買ってもらえてただろう。ケータイも当然持っていたし、それも一台じゃない。それを車体の下に仕込んで、別の端末でGPSの電波を追った。ぼくを助けるためじゃないよ。岡田のほうがぼくより先に、空き地に車が駐めてあるのを見つけてたんだ。で、父親と思しき人物の家を突き止めるためにケータイを仕込んだ。そこに藤谷がやってきて車に侵入、男が戻ってきて出発、となったもので、見た目、ぼくを追いかける形になったというわけ」

「シャッターの鍵を開けさせたというのは？」

「ドローン」

「ドローン？」

「車で連れていかれてしまった藤谷がどうなったか気になり、ドローンを飛ばして、そのカメラで家の様子を探ることにした。そもそもは、父親ではないかという男のことを盗み見るために用意しておいたものだ。ところが操作を誤り、ベランダに墜落、植木鉢を割ってしまった。男はそれを片づけるため、ガレージに箒と塵取りを取りにきて、ぼくは脱出することができたというわけ」

「怪我の功名か」

「二万円というのはドローンの値段ね」

聡美がぽんと手を叩き、場が少しなごんだ。

「結局、岡田の勝ちだったんだな」

飯山が投げ出した脚をさする。

「結果オーライだっただけで、勝ったと胸を張れるものじゃないだろ。駐車場が地下だったらGPSの電波を拾えなかったかもしれない」

大関に酌をしたあと自分のグラスにも注ごうとした三好野が、細君に手の甲をはたかれる。

「そうじゃなくて、彼が僕たちの探偵団を蔑んでいたこと。BDバッジをはじめ七つ道具を揃え、暗号やロープ術を勉強したけど、藤谷の冒険には一つも役に立たなかった。彼が言っていたように、僕らはままごとをしていただけなんだ」

「ペンライトは役に立ったよ」

私は苦笑いする。

「対して岡田は、スマホ一つで藤谷を助けた。ドローンも使ったけど、あれもスマホで操作するからね。僕らが幼稚に見え、相手にしなかったのも、無理からぬことだ。たしか、この作品の中に記されていたと――」

飯山は『鉄人Q』を手にしてパラパラめくる。本の帯には〈江戸川乱歩没後百年〉の惹句《じやつく》が躍っている。二十世紀の前半に活躍し、一九六五年に歿《ぼつ》した作家が、二十一世紀もなかばを過ぎた二〇六五年の今もなお子供たちを虜にしているのかと、あらためて感じ入る。

「ここに少年探偵団の七つ道具の説明があるんだけど、BDバッジ、万年筆形の懐中電灯、磁石、呼び子の笛、柄のついた拡大鏡、小型望遠鏡、手帳と鉛筆――すべてスマホ一台でまかなえるんだよね。そればかりか、〈黒い糸〉や、小林団長が鞄の中に入れていた伝書鳩のピッポちゃんの役割もになってくれる」

「つーか、スマホのほうが〈黒い糸〉や伝書鳩よりはるかに有能だろう。藤谷もあの時スマホを持ってれば、岡田の力を借りなくても、どうにかなっただろう」

大関が首をすくめる。

「うちは、中学になるまでおあずけだったんだよ。小学校では学校に持ってくるのは禁止になってたから。岡田は持ってきてたけど」

私も首をすくめる。

「おまえら、わかってない！」

三好野が自身の腿を叩いた。

「少年探偵団ごっこというのはだな、要はコスプレよ。長宗我部元親《ちようそかべもとちか》のコスプレをする時に、こっちのほうが無双だからと、グレネードランチャーやライトセーバーを持たせていいわけ？　少年探偵団もしかりよ。実用的だからといって、マッスルスーツやスマートグラスを持ち出したのでは世界観が崩壊してしまう。アナクロであろうが、アナログでないとダメなんだよ。俺らが少年探偵団に夢中になっていた五十年前、平成の終わり、寂しい屋敷町や赤電話はとっくに世の中から消えてしまっていたけど、デパートの屋上にアドバルーンがあがっている風景を脳内に描いて遊んでたんだよ。侘《わ》び寂《さ》びだ」

「いいこと言うじゃない」

細君が旦那に手を重ねる。

「様式美であることの風流を解さないやつは団員になる資格がない。岡田は入れなくて正解だった」

「それは言いすぎ」

「言い足りねえよ。バカだよ、岡田は。生きてりゃ、こうしてみんなで盛りあがれたのに、バカ野郎が。今日はなんで来なかったんだよ、せっかく腕を振るったのに、箸をつけてもくれないのかよ。薄情な野郎だ。うちは出前やってないぞ。くたばりやがれ」

三好野は妻の肩に顔をうずめ、バカ野郎バカ野郎といつまでも繰り返す。

高校を卒業してから岡田とはほとんど会っていないはずなのに、どうしてそこまで感傷的になれるのだろうか、と思う私も、中学を出てからは没交渉だったというのに、胸の奥からこみあげてくるものを止められない。

闇からの予告状

大崎梢

大崎梢（おおさき・こずえ）

東京都生まれ。2006年に『配達あかずきん』にてデビュー。デビュー作を含む「成風堂書店事件メモ」シリーズなど出版業界を舞台にしたミステリ作品に定評がある。『片耳うさぎ』『クローバー・レイン』『空色の小鳥』『横濱エトランゼ』など著作多数。児童書としては「天才探偵Sen」シリーズ。

その日、小雪《こゆき》は何度も時計をたしかめました。放課後になるやいなや、友だちへの挨拶もそこそこに学校を飛び出します。渋谷にある私立の女子校に通っているのですが、今日は自宅のある二子玉川には戻らず、井の頭線に乗って明大前で乗り換えました。

京王線沿線駅で降り、向かうのはおばあさまの家。住宅街の中にあるふつうの一軒家ですが、敷地は広くまわりはブロック塀で囲まれています。七年前におじいさまが亡くなり、今は住み込みのお手伝いさんがいるだけ。今年、中学二年生になる孫の小雪が訪れるのを、とても楽しみにしています。

学校帰りに遊びに行くのはこれまでも何度かありましたが、今日は特別の用事があります。駅からも早足で歩き、たどり着いてチャイムを押すとお手伝いのリエさんが出てきました。家事ならなんでもてきぱきとこなす三十代の女性です。優しく穏やかな人柄なので、おばあさまだけでなく小雪の両親も大のお気に入り。小雪もよくなついています。

「いらっしゃいませ。奥さまがお待ちかねですよ」

スリッパを出してもらい、お礼を言ってすぐ、仔うさぎのように廊下を急ぎます。おばあさまはリビングルームのソファーに腰かけていました。小雪を見るなり手を差し伸べます。

「よく来てくれたわ。ありがとう」

その手を取って、小雪はとなりに座りました。

「お元気そうで良かった。学校にいる間もずっと心配していたの。お父さまに聞いてもきちんと話してくださらなくて」

「裕五《ゆうご》ってほんとうに冷たいわ。子どもがあれひとりと思うと悲しいったらありゃしない。でも孫にはあなたがいる。私はやっぱり果報者ね」

皺《しわ》はあるものの、すべすべした頬をほころばせて微笑むおばあさまに、小雪も笑顔を返しました。いつもだったらここで学校で起きたことなどおしゃべりを始めるのですが、今日はのんびりしていられません。

「電話のやりとりが少しだけ聞こえたの。予告状が届いたってほんとう？　内容はどんなかしら」

「恐ろしいでしょう。子どものあなたに聞かせるような話じゃないんだけれども」

「大丈夫よ。もう中学生ですもの。実物を見たいわ。お願い」

小雪が手を合わせるとおばあさまはうなずいて、リエさんに目配せしました。リエさんはサイドボードから透明なビニール袋を持ってきます。中に縦長の封筒が入っていました。目の前のテーブルに置くので、小雪はソファーに座ったままのぞき込みます。リエさんが白い手袋を差し出しました。素手で触ってはいけないようです。

なんて本格的でしょう。まるで刑事ドラマの一場面です。緊張よりも興奮で、あやうくはしゃいでしまいそうでしたが、すんでのところでこらえます。神妙な面持ちで装着し、封筒を手に取りました。

宛名にあるのはおばあさまの名前。住所も合っています。左上には切手が貼られ、消印は都内の郵便局です。ひっくり返すと白紙。差出人の氏名は書かれていません。

小雪は三つ折りの便せんを引き抜き、速まる動悸を抑えながら広げます。こうありました。

『わたくしがどのような人物なのか、貴女もいくらかはご存じでしょう。このたび、お宅に所蔵されているかの名宝、ロマノフ王家の冠をかざりし六つの宝玉を、ちょうだいすることにしました。近日中に参上いたします。むやみに驚かせるのは本意ではないので、うかがう日時は追ってお知らせします。ご安心ください。怪人二十面相』

読み終わると同時に、小雪はおばあさまを見ました。眉を八の字に寄せ、困ったような情けないような曖昧な顔をしています。

「ここにある、ロマノフなんとかの宝玉って、ご存じですか」

「ええ。そういうお宝があるのよ。ロマノフ王家とはかつてロシアにあった王家でね」

「この家に、ロシアの宝物があるんですか？」

「亡くなったおじいさまが知り合いから譲られたの」

初耳です。ちっとも知りませんでした。詳しい話をせがみたくなりますが、目の前にはもうひとつ、王家の宝石に勝るとも劣らない異彩を放っている言葉があります。

「怪人二十面相ってなんでしょう」

おばあさまは待ってましたと言わんばかりに、全身に力をみなぎらせました。

「それよ、それ。あなたのような若い子はまったく知らないでしょうが、そう名乗る人がいて、戦前戦後にたいそう世間を賑わせたの。狙うのは値打ちのある美術品ばかり。宝石に限らず、絵画や彫刻、名刀やさまざまな骨董品の類。たいていは前もって予告状が来るから、厳重な警備が敷かれるんだけれども、煙のようにどこからともなく現れ、目当ての品と共に消えてしまうの」

小雪は思いついたまま口にしました。

「ルパン三世みたいな？」

おばあさまは「そうね」と言いながら、助け船を求めるようにリエさんを見ました。リエさんは考え込むように首をひねって応えます。

「大泥棒という点では同じかもしれないですね。ただ、二十面相は現金には興味がなかったようです。それと、手下は多くいたものの仲間はいません。ルパン三世には次元や五ェ門がいますけれど。私も今度のことでにわかに調べてみました」

家事全般は得意ながらも、刑事ドラマやサスペンスドラマはほとんど見ないリエさんですが、お料理の上手な女性は聡明といいます。ここはひとつ、頼りにしたいところです。

「ありがとう、リエさん。すごくわかりやすくて助かるわ」

「奥さまにはいつもよくしていただいているので、少しでもお力になりたいと思っているんです。あまりお役に立たないかもしれませんが、お手伝いできることがあったらなんでもおっしゃってください」

心強い言葉を聞き、さっそく尋ねます。

「戦前戦後に活躍ということは、今からどれくらい前になるのかしら」

「ざっと七十年前ですね」

素朴に「うわあ」と声が出ます。

「いったい今、おいくつ？　もしかして百歳を超えているのかも。二十面相って、結局どうなったんですか」

「はっきりしたことはわかっていません。警察は必死に追いかけましたが、たびたび逃げられました。せっかく捕まえても、いつの間にか入れ替わり、留置場にいるのが偽者だったことも。生死さえもあやふやで、無責任な噂が飛び交うばかり。消息不明が一番正しいんだと思います」

あらためて小雪は手元の便せんをみつめました。

たとえ本人が生きているとしても、泥棒の現役とは考えにくいです。

「ここに書いてある『二十面相』が誰なのかは大きな謎ね。お父さまなら、イタズラですませそう」

となりからおばあさまが口を尖らせて言います。

「裕五はハナから本気にしてないわ。でも他ならぬ、ロマノフ王家の宝玉なのよ。

ひょっとしたらという気にもなるわ」

　おばあさまによれば、亡くなったおじいさまはそれを譲り受けたさい、二十面相がひどく固執していたお宝だと感慨たっぷりに語ったそうです。元の持ち主も不安にかられ、価値を思えば惜しくもあったでしょうが、ある日こっそり持ってきたとのこと。

「だったらおじいさまが所持していたことは」

「ほとんどの人が知らないはずよ」

「そんなすごいものが、この家のどこかにあるのね」

　小雪は眩《まぶ》しい思いで室内を見まわしました。物心ついた頃から慣れ親しんできた場所が、絵物語の舞台になったよう。キャビネットの上の造花やクロス張りの天井を見上げていると、おばあさまが「あそこよ」と言いました。

「客間の押し入れにある金庫。あなたも知っているでしょう？」

　小さい頃、かくれんぼでよく潜《もぐ》り込んだ場所です。ほっぺたを押し当てた冷たい金属製の箱をすぐ思い出しました。

「だいじなものがしまってあるとは聞いたけれど……」

「今日は特別に見せてあげましょう」

「え?」

　おばあさまはにわかに立ち上がりました。あわてて手を差し伸べたリエさんにも小雪にも、ここで待つように言い置き、廊下に出てしまいます。

「金庫を開けるときは、奥さま以外誰も部屋にいてはいけないそうです。亡くなった旦那さまから、くれぐれもと厳命されたようで」

「あの金庫って、ダイヤル式だったかしら」

　右にいくつ、左にいくつ、というあれです。

「もしかして、番号を知っているのはおばあさまだけ?」

「だと思います」

　話していると「いいわよ」と声が掛かりました。飛ぶようにして向かうと、押し入れの戸はすでにきちんと閉められていました。おばあさまは木目の美しい座卓の上に、赤いビロードで覆われた箱らしきものを置きます。

　小雪たちが座ったところで、細い指が箱に添えられます。いいかしら、という目配せのあと、留め金がパチンと外れました。蓋がゆっくり持ち上がり、中に敷き詰められた黒いビロードが見えます。そこに親指の先ほどもある宝石が六つ、円を描くように並んでいました。

夕方の明るい時間だったので和室の照明はまだ点けられていません。そのせいもあるのか、煌びやかな光は放っていませんが、みつめていると引き込まれそうな、深みのある輝きをたたえています。

「これが、ロマノフ王家にゆかりのある宝石？」

「ええ。そうなんだけれども」

おばあさまは頬に手を当て、ため息をつきました。

「長いことこの箱に入れて、金庫にしまっておいたの。あなたのおじいさまが亡くなって、遺品の整理をしているときに思いだし、裕五に話したわ。そしたら、今と同じようにここでしげしげと眺め、『本物かなあ』ですって」

さっきから聞いてると、なんてデリカシーのない。小雪はお父さまの顔を思い浮かべました。大学の薬学部を卒業したのち、新薬を開発すべく研究所に勤める科学者です。顕微鏡をのぞいて微生物の動きを調べるように、現実の出来事についても目を凝らし、判断材料を探そうとするのですが、多くの物事は見えないものが関係しています。たとえば人の心とか、時のうつろいとか。

「私も不安になって、信頼のおけるところに鑑定をお願いしたの。そしたら」

「まさか」

「よくできたレプリカですって」

おばあさまは急にいくつも年老いたような、疲れた顔になりました。

「だから裕五はね、今回の手紙についても気にしなくていいと言うの。二十面相を名乗る人に盗られたら、本物と偽物の区別も付かないような三流のコソ泥ってこと。気づいて置いていったなら、少しは見直してもいいそうよ」

小雪は唇を噛んだまま、首を横にも縦にも振りませんでした。簡単に「なるほど」とは言えません。

「でも、私には腑に落ちないの。あなたのおじいさまは優れた審美眼を持つ、ひとかどの人物だった。そうとは知らずにまがい物を譲られ、後生大事に金庫にしまうとは思えないの」

それを聞き、小雪は深くうなずいて拳を握りしめました。

「きっと何か理由があるんだわ。たとえこれがよくできたレプリカだとしても、おじいさまが本物だとおばあさまに話し、金庫の中に保管しなくてはならないような理由が」

「小雪ちゃん、あなたならそう言ってくれると信じていたわ」

目を潤ませるおばあさまに、胸がいっぱいになります。宝石にも触らせてもらいました。

ダイヤモンド、ルビー、エメラルド、サファイア、ガーネット、トパーズ。

六種類の宝石はそれぞれ神秘的に輝き、レプリカと言われても色あせることなく、小雪を甘く華やかに魅了したのでした。


その日は夕食前に失礼したのですが、帰宅の途中でも家に着いてからも、小雪の脳裏に浮かぶのはおじいさまの面影でした。

七年前、八十四歳でおじいさまは亡くなりました。そのときすでに高齢ではありましたが、銀髪をきれいに整え、立ち居振る舞いも颯爽《さっそう》としていて、話題も豊富。お伽噺《とぎばなし》をアレンジした創作のお話やら、庭を訪れる野鳥のうんちく、風変わりな旅のエピソード、なぞなぞや暗号の作り方など、物知りでいて楽しく愉快、いつまでもそばにいたくなるような素敵なおじいさまでした。亡くなる数年前までは、山登りも水泳も好きでどこにでも出かけていたのですが、あるとき心臓の発作に見舞われ、それをきっかけに運動を控えるようになりました。気をつけていたのに、再びの、もしかしたら何度目かの発作が命取りになったのです。

生きていれば九十一歳。おばあさまは今年七十四歳になるので、年の離れたカップルです。おじいさまには昔々、結婚まで至らなかった大恋愛の想い出などあったようですが、結局は聞かずじまいになってしまいました。調べるあてがあるならばと、未だにあきらめていない小雪です。

その小雪にも、ロマノフ王家に負けない秘密の宝物があります。おじいさまからもらったペンダントです。アクセサリー類を学校に持っていくのは禁じられているので、ふだんは自室の机にしまってあります。

それを取り出し、まじまじとみつめました。いつまでたってもなんのインスピレーションも得られず、歯がゆい限り。元通りに黒い巾着袋に収納し、ふと思い立って通学鞄をたぐり寄せました。奥底に隠し込みます。みつかったら没収ですが、怪人二十面相から謎の書状が届いた今、これが何よりのお守りになるでしょう。

宝石もおばあさまも、泥棒の手から守り通さねばなりません。


翌日、強い決意と共に学校に行き、ときどき鞄の底へと視線を向けながら、小雪は授業を終えました。

本来なら「お菓子作り同好会」の活動日でしたが、おばあさまのことが心配です。校内での携帯電話使用はこれまた禁じられていますが、こっそりお手洗いで電源を入れると、お母さまからのメールが入っていました。おばあさまより電話があり、今日も学校の帰りに寄ってほしいとのこと。

何かあったにちがいありません。なんでしょう。小雪は短く返信メールを送ったのち、同好会の友だちに欠席の旨を伝え駅へと向かいました。

「ごめんなさい。昨日の今日で、また寄り道させてしまって」

「ううん。大丈夫。それよりも何があったのかしら」

おうちに着くと、挨拶もそこそこにあわただしく尋ねてしまいます。

「実はね、お昼過ぎに郵便配達の人が来て、ポストにこれが」

おばあさまの手にあるのは昨日と同じ白い封筒です。

「もしかして、また二十面相から？」

返事をするように、リエさんが白い手袋を差し出しました。受け取るなり素早くはめて、さっそく封筒をあらためます。昨日のうちに気づいていたのですが、封筒の宛名も便せんの文字も印刷されたものです。

おばあさまに言わせれば、「今は便利になったのねえ」です。昔は脅迫状や予告状を作るとき、筆跡などをごまかすために新聞などの活字を一文字ずつ切り取って、貼り付けたそうです。

新たに届いた手紙も印刷されていました。中の文面にはこうありました。

『お宅にうかがう日時ですが、明日の夜にいたします。夜の静けさを乱すことなく参上し、かのお宝だけをちょうだいするので、どうぞごゆるりとお休みになっていてください。なお、お手元にある品が偽物ではないかと案じてらっしゃるなら、心配ご無用。こちらは本物の在処《ありか》を知っています。確実にそれだけをいただきに参ります。怪人二十面相』


読み終わってもしばらく言葉が出ませんでした。一番驚いたのは二十面相が偽物について知っていることです。おばあさましか知らないダイヤルの番号で厳重に、金庫の中に保管されてきたのに、どうして見抜くことができたのでしょう。

「宝石の鑑定結果はお父さま以外、どなたが知っているのかしら」

「私はあの子にしか言ってないわ。あとは、鑑定した人が知っているわね。でも信頼のおけるところに頼んだのよ」

お父さまにしても、話すとしたらお母さまくらいでしょう。鑑定人についても疑いだしたらきりがありません。

濃い霧が流れ込むような心地ですが、逆にはっきりしたこともあります。

「おばあさま、金庫にあるのが偽物だとしても、本物はこの家の中にあるのよ。でなければ予告状は来ないもの。おじいさまが譲られたのはやっぱり本物だったんだわ」

「そうね。そうよね」

おろおろするおばあさまをリエさんが優しくなだめます。

「奥さまはおひとりではありません。小雪さんも私もおります。いえ、私はほんとうに微力ですけれど」

「ありがとう。頼りにしているのよ。本物があるならあるで、急に不安というか、恐くなってしまって。偽物という鑑定結果にがっかりしながらも、知らず知らずほっとしてたんだわ」

おばあさまが落ち着くのを待って、小雪は再び口を開きました。

「今日の手紙によれば、本物の在処を二十面相は知っているのね。押し入れの金庫の中ではなく、もっとちがうどこか」

「ええ。小雪さん、心当たりは？」と、リエさん。

「さっぱりよ。おばあさまは？」

「私も」

首を横に振り、昨日の小雪のように室内へと視線を向けます。小雪とはちがい不安げな眼差しですが。

「何も聞いてないし、それらしい話もなかったと思うわ。最初から偽物を金庫にしまっていたのなら、私はみごとに騙されていたのね」

「二十面相を警戒してのことよ、おばあさま。ロマノフ家の宝石に固執していたのでしょう？　ここにあることを、二十面相はいつか嗅ぎつけてしまうかもしれない。それに備えて、偽物を用意して本物を隠したんだわ」

さすがおじいさまです。敵を欺《あざむ》くにはまず味方から。その鉄則を守り通したのです。

誇らしく思うも、問題は肝心の在処。せっかくすり替えたのに、家族は場所がわからず、二十面相は知っているようです。

「おばあさま、これはほんとうの一大事だわ。私も昨日、いろいろ調べたの。そしたら二十面相が活躍している時代、正義の味方として立ちはだかった人がいたでしょう？　天才探偵、明智小五郎。その方に相談してはどうかしら」

「もちろん私もそうしようと思ったのよ。明智先生なら私も存じ上げているの。けれど残念ながらご本人はすでにこの世にいらっしゃらないわ。唯一の頼りは息子さん。急いで連絡を取ってみたら、今、ロンドンですって」

「ロンドン！」

「お仕事の関係で、一昨年から移り住んでいるそうなの」

では、ほとんどあてにできない、ということでしょう。小雪の落胆は少なくありませんでした。二十面相と互角に戦い、けっして引けを取らなかったのは明智小五郎ただひとりなのです。他の人たちはすべて、まんまとしてやられています。

「どうしよう」

小雪だって、このまま泥棒の思い通りにはさせたくありません。おじいさまが守ってきただいじな宝石です。在処さえわからないというのも口惜しくてなりません。実物がなければ、警護の依頼もできないのです。

途方に暮れていると玄関のチャイムが鳴りました。インターフォンに出たリエさんが、数人のお客さまを連れて戻って来ました。

かなり年配の男性ばかりです。

「まあまあ、こんなに早く。皆さん、お忙しいでしょうに」

おばあさまは立ち上がって出迎えます。

「他ならぬ希代子《きよこ》さんからのＳＯＳとあっては、何はさておき駆けつけますよ」

「しかも、例の人物からの予告状でしょう？」

「血が騒ぎますねえ。言葉尻から何からよく覚えていますよ。ぜひ書状を拝見したい」

「われわれが来たからにはもう安心です。すべてお任せください」

みんな口々に頼もしいことを言います。そしておばあさまに促《うなが》され、奥のお座敷へと行ってしまいました。

小雪はお茶の用意を始めるリエさんのもとへと駆け寄りました。

「あの方たちは？」

「警視庁のＯＢです。奥さまの古いお知り合いのようで」

「そういえばおばあさまって、警察方面に顔が広いんだったっけ」

困り果てて相談したようです。年頃からしてとっくに引退している方たちですが、元警察官ならば捜査のノウハウも心得ているでしょう。ありがたい味方の登場です。

「先に、お茶をお出ししてきます。小雪さんに召し上がっていただくお菓子はちゃんと用意してあるんですよ。お待ちくださいね」

「ううん、リエさんはお客さまのお世話をして。私のことは気にしなくていいの」

「まだ、お帰りにならないでしょう?」

「ええ。私なりにしっかり考えなくちゃ」

もちろん宝石の在処です。いつになくキッチンやダイニングルームを真剣に眺めていると、リエさんが微笑みました。

「よかったら、お二階も心ゆくまで調べてください」

二階にはリエさんの使っている部屋があります。信頼してくれる気持ちが嬉しくて、小雪も笑顔を返しました。


おばあさまのおうちはけっして豪邸というわけではありません。一階は食卓やソファーセットのある広めの部屋がひとつと和室が二間。二階には物入れとして使っている小部屋を含めて三部屋あります。

リエさんは二階もと言ってくれましたが、おじいさまの生きている頃、二階は刺繍を趣味にしているおばあさまが主に使っていました。物入れも刺繍の備品でいっぱい。お友だちがよく訪れ、ちょっとしたサロンのようでした。

おじいさまが特別な品を隠すとは思えません。

考えられるとしたら一階の方ですが、今はどこにいてもお客さまの声が聞こえて落ち着きません。ずいぶん大きな声で話されているのです。内容は昔話のようで、ときどき弾けたような笑い声が上がります。

小雪は気にしませんでした。おばあさまのテリトリーが二階だったとしたら、おじいさまにも専用の領域があったのです。敷地内に建てられた「離れ」。いえ、別棟と言った方がいいかもしれません。書斎と書庫の二部屋が設けられています。

ふだんは閉まっていますが、鍵の在処ならば知っています。キャビネットの引き出しの中。リエさんに断っていきたかったのですが、なかなか戻らないのであきらめ、小雪はダイニングルームの掃き出し窓から庭に出ました。サンダルがひとつなくなっていれば、どこに行ったのか気づくでしょう。

おじいさまは犯罪心理学について、本を出すほどの専門家でした。捜査機関の顧問も務め、じっさい難事件にも数多く関わっていたそうです。全国各地を飛び回っていたと聞いたことがあります。

小雪が生まれた頃はすでに現役を退き、悠々自適の毎日でしたが、相談に訪れる人が途絶えることはありませんでした。乞われて地方に赴くこともしばしば。ずいぶん頼りにされていました。

離れに入るのは久しぶりです。窓は閉めきられていましたが、空気の入れ換えがこまめにされているのでしょう。こもった嫌な臭いはせず、古い書物特有の香ばしい匂いがします。書庫があるとは言え、書斎にも壁という壁に棚が設えられ、本の背表紙がずらりと並んでいます。正面にはどっしりした大きな机が置かれ、ペン立ても電気スタンドも書類ケースもおじいさまが生きていた頃のまま、少しも変わらずそこにあります。

小雪はもの哀しい思いにかられ、何をしに来たのかも忘れて、ぼんやりしてしまいました。「ここちゃん」と、おじいさまの呼ぶ声が今にも聞こえてきそうです。おじいさまだけが小雪をそう呼んでいたのです。手招きされて見た植物図鑑、外国の絵本、きれいな風景写真。つい昨日のことのように思い出されます。

カタリと物音が聞こえ、我に返りました。リエさんです。

「やっぱりここでしたか」

「宝石を探しに来たのに、つい、ぼうっとして。ダメね。お客さまは?」

「昔話に花が咲いているようです。お茶やお菓子、こちらにお持ちしましょうか」

「ううん。こぼしたりしたら大変。何もかも手をつけずに保存してある場所ですもの」

色あせた段ボールがそこかしこに積まれていますし、キャビネットからは郵便物があふれ、旅行鞄にまで書類が詰め込まれています。壁には世界各地のお土産物でしょうか、奇妙なお面や木工品、タペストリー、絵画がかけられています。

手つかずのままというより、手のつけようがない、というのが正しいのかもしれません。

「小雪さんはこの部屋のどこかに宝石が隠されていると?」

「そう考えるのが一番素直だと思うの。おじいさまのテリトリーだから」

リエさんはおじいさまが亡くなられたあと、ひとり暮らしになったおばあさまの身の回りの世話をすべく、最初は通いでこの家に来ました。信頼のできる人だったので住み込みになってもらいました。生前のおじいさまには会っていません。

みんなの話でしか知らない過去の人でしょうが、敬ってくれる気持ちはよく伝わります。そういった人柄ごと、小雪の家族はリエさんに馴染んでいます。今も、懐かしそうに書斎を見まわすので、一緒になって書類の山にも目を細めてしまいます。

「小雪さんのお父さまには心当たり、ないでしょうか」

「ないと思うわ。予告状は今も本気にしてくれないし。昔からおじいさまのことを変わり者のように言うし。二十面相のことも鼻で笑うだけよ。そういう人に宝物の在処を教えても、不安なだけでしょう？」

生意気は承知で言ってしまいます。リエさんはすぐにうなずきました。同感してくれたのでしょう。

「ほんとうに小雪さんだけが頼りですね。まだ時間はあります。頑張ってくださ い」

励まされて気持ちを引き締めます。お城のようなお屋敷というわけではありません。庭の片隅に建てられた離れ。たったの二間。そのうちの広い方、書斎の真ん中に立ち、「よしっ」と胸のひとつも叩こうとしたのですが、あたりを見まわすなり気が弱くなります。

「でも、こんなに物がたくさんあって探しきれるかしら。六つの宝石って、薄い布でくるめばほんとうに小さくなってしまう」

砂漠で米粒を探す、とまでは言いませんが、キャビネットひとつ調べるにも小一時間はかかるでしょう。他にもキャビネットはあり、デスクまわりも手強そう。本棚は壁一面です。今日、明日ではとても見きれません。予告状によれば明日の夜には二十面相が来てしまうのに。

「少しでも絞れるといいですね。大旦那さまはいざというときのために、何か考えていらっしゃったのではないでしょうか。ご自分が亡くなられたあとのことです」

「何か?」

「宝石の在処を示す手がかりやヒントです」

小雪は首をひねったきり、近くにあった椅子に座り込んでしまいました。

「思いつかないわ」

「印象に残っている絵本や昔話、あるいは童謡などは?」

「いろいろあるけれど。ありすぎて、それこそ絞れない……」

「いただいたものはいかがでしょう。小雪さんが一番だいじにしている形見の品は?」

尋ねられて短く「あっ」と声が出ました。

「あるんですね」

「ええ。でもふつうのアクセサリーよ」

「真っ先に思いついたのがそれならば、気になります。どのような品でしょう。プレゼントでしたらカードは添えてありませんでしたか? 手渡しならば、意味深な会話があったとか」

リエさんの言葉はとても的確に小雪の記憶を刺激します。

「そういえばいただいたとき、ほんとうの宝物は私だと言ってくださったの。とても嬉しかった。そのあと、珍しい宝物はこの中にしまっておく、と」

「『この中』?」

「もらったのはペンダントよ。ロケットのような蓋が開くタイプではなく、仕掛けめいたものもなかった。入っていた箱も黒い巾着袋も変わったところは何もない。だから私、意味がわからなくてすっかり忘れてたわ」

リエさんはうなずいたあとに言いました。

「もしよろしかったら、拝見させてもらえないでしょうか」

願ったり叶ったりとはこのことです。

「いつもは自分の部屋の机の中なの。でも今日は、お守り代わりに鞄に入れてきたのよ」


離れのドアには鍵を掛け、小雪たちは母屋に戻りました。お客さまたちは和室から出てきてリビングやキッチンをうろうろしています。二十面相の襲来に備え、警護プランを立てているそうです。

お邪魔になってはいけないでしょうし、ペンダントの話をする雰囲気でもありません。部屋の隅に置いてあった通学鞄を手に取り、小雪が途方に暮れていると、リエさんに手招きされました。リエさんはお茶とお菓子をすばやく用意し、和室へと誘います。

「この部屋はもうご覧になったので、しばらくどなたもいらっしゃいません。ゆっくりくつろぐようにと奥さまが」

どんなときでも孫への気づかいを忘れない、優しいおばあさまです。そのおばあさまのためにも、狙われている宝石の在処を知りたいのですが。

小雪は鞄を開けて奥底から小袋を取り出しました。紅茶をつぎ終わったリエさんにも見えるよう、ペンダントを手のひらに載せました。

「あら、それは」

見る人が見れば一目瞭然です。アルファベットのCがふたつ、片方を反転させ背中合わせに交差させた有名なデザイン。それをヘッドにしたシャネルのペンダントです。

「既製品でしょうか」

「そうなの。だからよけい、仕掛けも何もなくて。おじいさまがパリに行かれたときに、買ってきてくれたの」

小雪が差し出すと、リエさんは両手で受け取ります。高価な品だから大人になってからつけるようにとお母さまから言われています。

「店頭で売られているままの、ふつうのアクセサリーでしょう?」

「ええでも、パリとなると、いらしたのは亡くなる半年前ではありませんか。最初の心臓発作に見舞われたあとです。ご自分の体調に不安を抱えていらしたでしょう。何かしらの意味を込めて小雪さんに渡されたとは十分考えられます」

「そうかしら」

リエさんの言うとおりに特別な贈り物だとしたら、何ひとつ思いつかない自分が情けなくなります。

「こんなとき、明智先生がいてくださったら」

たちどころに謎を解いてくださったにちがいありません。

結局その日はなんの成果もなく、宝石の在処はわからないまま、小雪は帰路に就きました。

翌日は二十面相が犯行を予告した日です。小雪はまたも学校の帰り道、おばあさまの家に急ぎました。三日連続とあってお友だちにも怪訝《けげん》な顔をされましたが、ゆっくり説明している時間もありません。大変なことが起こりそうなの、とだけ答えて、学校を飛び出しました。

お父さまは相変わらず、「あれは偽物だよ」と言うだけ。警視庁のえらい方たちがみえたと伝えても、OBとわかったとたん、「よかったじゃないか」で終わりです。いつも通り仕事に行ってしまいました。お母さまが気にしているのはもっぱら差し入れのメニュー。予告状によれば襲来は夜らしいので、警備の人たちにお夜食がいるのではと言います。

もっと真剣に心配してほしいですし、その内容もおにぎりにすべきか、サンドイッチがいいか、ではありません。小雪はひとりやきもきし、最寄り駅から走るようにしてたどり着きました。おばあさまの家には見慣れぬ人影がいくつもありました。

「外部からの侵入者に備えて、監視カメラや赤外線装置を取り付けているんです」

玄関先でリエさんが教えてくれました。なるほど、敷地を取り囲むブロック塀にも庭の植木にも、脚立や梯子をたてかけ、何かをくりつけている真っ最中です。

「昨日のお客さまたちが手配してくださったのです。家の中も完璧だそうです」

小雪は安堵の息をつきました。本物の宝石の在処がわからないので、守りようもないのかと思っていましたが、さすがおばあさまのお知り合いです。二十面相を侮《あなど》ることなく、家全体に目を光らせてくれるようです。

「小雪さんの方はいかがですか。あのペンダントから、手がかりは得られましたか？」

「ひとつ思いついたことがあるの」

リエさんは「まあ」と目を見開きます。

「なんでしょう」

「おじいさまが私をなんと呼んでいたか、前にリエさんにも話したでしょ。あれがヒントにならないかしら」

とまどい顔になるリエさんを見守りながら、小雪もまた考え込みます。

残念ながらまだ解明には至っていないのです。これこそヒントだという確証さえありません。けれど、食らいついてみる価値はあるかもしれません。密かに心を決めました。

監視システムの設置は、現役の警察官らしい人たちが日暮れまでに終えてくれました。その人たちと入れ替わりに、お知り合いのOBの方たちがにぎやかにやって来ました。今日は寝ずの番をすると、皆さん、とても張り切っています。

リビングルームは監視室へと大変身を遂げました。いくつものモニタが置かれ、監視カメラの映像がリアルタイムで見られます。赤外線を異物が遮《さえぎ》ると、それを捉えるべくカメラが切り替わるとのこと。家の中に不審者が入れば自動的に、近くの警察署に通報されるそうです。

時代の先端を行くシステムがくまなく配備され、心強く思っているうちに夜になり、お母さまの差し入れも到着しました。リエさんと一緒に小雪も配膳のお手伝いをしました。

夕飯が落ち着き、食後のお茶も用意したところで、小雪は監視システムを睨んでいる方にお願いし、離れの書斎に行かせてもらいました。無断で動くと、赤外線に引っかかるからです。

書斎にも監視カメラは設置されています。何をしてもわかってしまうのは落ち着きませんが、見守られていると思えば安心できます。

小雪は昨日からずっと宝石の在処について頭を悩ませています。もしもペンダントに手がかりがあるのなら、おじいさまは孫娘に期待したのでしょう。宝物をいつかみつけ出してほしいと。

完璧な監視システムによって二十面相の侵入を阻止できても、捕まえることができても、おじいさまの期待に応えるには小雪自身が自分の知恵で謎を解くしかありません。腹を据えて、書斎を眺めまわします。棚の本をいくつかいじり、キャビネットも開けて、書庫の段ボールものぞき込みます。

やがてお母さまの帰宅時間になりました。一緒に帰るよう言われていたのですが、明日は土曜日なので学校はお休み。おばあさまにも加勢してもらい、なんとかお泊まりの許可を得ました。

おばあさまには他のお願い事もしたのですが、誰にもナイショと言って人さし指を一本、唇の前に立てました。小雪なりの二十面相対策です。

お母さまの車を見送ったあと、再び書斎に戻って探索の開始です。しばらくしてリエさんが様子を見に来てくれました。

「OBの皆さんはどうなさっているかしら」

「お酒も召し上がらず、監視システムに張り付いてらっしゃいます」

「よかった。おばあさまも心強いわね」

「ええ。小雪さんの方はいかがですか。宝石を探してらっしゃるのでしょう?」

小雪はソファーに腰かけ、問題のペンダントを取り出しました。リエさんもとなりに座ります。

「そうそう、昼間おっしゃいましたね。旦那さまが小雪さんをなんと呼ばれていたか。『ゆきちゃん』でしたねえ。そこから何がわかるんでしょうか」

「ううん。ちがうわ」

リエさんはきょとんとした顔をします。

「ここちゃんよ。小林小雪だから、ここ」

「すみません。私、勘違いしていたみたいで」

「小雪の『小』はおじいさまがつけてくれたの。なぜだと思う？　私、今回のことでよくわかったわ」

「なんでしょうか」

「明智小五郎の『小』を取ったのよ。だから、『ここちゃん』という呼び方にも、特別な思い入れがあったのかもしれない」

明智小五郎はおじいさまのもっとも敬愛する恩師です。今度のことでネットを調べて初めて知りました。戦前戦後を通じ、多くの難事件をみごと解決へと導いた偉大な名探偵、明智小五郎。彼がいたからこそ、おじいさまもまた探偵を志しました。たくさんの物事を学び、自らの糧にし、人生をも切り開いていったのです。

「『ここ』という呼び名と、シャネルのペンダント。ただの遊び心かしら。私にはそう思えないわ。リエさんも言ったでしょう？　何かしらの意味を込めたのでは、って」

「ええ。今うかがってさらに確信しました。隠し場所を示唆しているはず」

「リエさんはどんなふうに考える？」

「ヒントはつまり、ココ・シャネル」

小雪は手のひらをぱちんと合わせました。

「そうなの。『珍しい宝物はこの中にしまっておく』よ」

「では、シャネルに関係する物の中？」

「その通り！　と言いたいところなんだけど。さっきからいくら探してもシャネルのバッグやポーチはみつからないの。おじいさま、お持ちじゃなかったみたい」

「だとしたら……」

リエさんはぐるりとあたりを見まわします。

「本そのものかもしれませんね。美術史の図鑑やココ・シャネルの自伝、関連した本がいくつかあるでしょう？」

たしかにここは書斎なので、本ならばお店が開けるほどあります。

「でも、本の中にしまえるかしら」

「厚みがあれば、開いたページをくり抜いて収納場所が作れますよ」

探しましょうと励まされ、小雪はリエさんと一緒に立ち上がりました。

「手分けした方がいいかしら。書斎と書庫とで」

「その方が効率的ですが、いつなんどき二十面相が現れるとも知れず不安です。お互い、目の届くところにいましょう」

「ええ。ほんとうに。リエさん、なるべく近くにいてね」

「おそばにいますよ。何かみつけたら声をかけてください。私もお呼びします」

まずは書斎からということになり、同じ部屋のあっちとこっちに分かれて、探し始めます。本の山も段ボールの中身もおじいさまのだいじな遺品です。粗雑な扱いは出来ません。丁寧に慎重に、荷物をどけたりよけたりしながら、背表紙の文字をたどっていきます。

すると、小雪が見ていた本棚に『モードと哲学』というタイトルがありました。引き抜いて表紙を確認すると、副題は「ココ・シャネルに学ぶ」。

「リエさん！」

約束通り、すぐに呼び寄せます。厚さ、三センチほどの単行本でした。リエさんは素早くやってきて、タイトルを見るなり興奮の面持ちになります。ひょっとして、ひょっとするでしょうか。本は小雪の手の中にあったので、高鳴る胸を押さえ、大きく左右に開きます。

「あっ！」

一見するとふつうの本なのに、見開きの中央部分、背表紙に添って縦長の穴が空いています。そこに埋め込まれているのは白い薄紙。小雪はおそるおそる取り出しました。

開いてみれば、なんてことでしょう。和室で見たのと同じ宝石が六つ、現れたではありませんか。

ついに小雪は隠し場所を発見したのです。

「信じられないわ。ほんとうにみつけられるなんて」

「ご立派です、小雪さん。天国の旦那さまもどんなに喜ばれているか」

「リエさんのおかげよ。このことを、早くみんなに知らせなきゃ」

「はい。さっそくお伝えしてきます。小雪さんはこちらでお待ちください。おひとりで大丈夫ですか」

「ええ。もちろん」

床にへたりこんでいた小雪は、リエさんに促されてソファーに座りました。両の手のひらで薄紙ごと宝石を包み込みます。まだ小さかった頃、おやつのビスケットをいただいたときと同じように。今の中身は硬い宝石ですが、おじいさまを思うと、冷たいだけじゃなくほのかなぬくもりを感じられます。

そのとき、夢見心地でいる小雪の口元に、何かが触れました。すんでのところでかわし、首を縮めます。片手で宝石を握りしめ、ソファーから床へと滑り落ちます。もう片方の手は、摑《つか》みかかってくるものを必死で払いのけました。

「やめて、何するの！」

尻餅をついた姿勢のまま体をひねり、目を向けました。ドアに歩み寄ったはずのリエさんが、ソファーの後ろに立っています。

伸ばした手に持っているのは白いハンカチ。それを小雪の口に押しつけようとしたのです。

「今、何をしようとしていたんですか。そのハンカチはなんですか」

「なんでもありませんわ。香水のいい匂いがするんです。小雪さん、お疲れでしょう。少しリラックスされてはと思って。そういう効果のある香水なんです」

「もしかして、睡眠薬でも染みこませたハンカチ？」

リエさんは眉を八の字に寄せて笑いました。

「何をおっしゃるのかと思ったら。私がそんなものを持っているわけないじゃないですか」

小雪はわななく足に力を入れ、床から腰を上げました。ソファーを挟み、真正面の位置に立ちます。

「あなたは誰？」

「はあ？　この家に住み込みで働いている家政婦ですよ。ご存じでしょう？　ハンカチのことはあやまります。驚かせてしまいましたね」

「私の知っているリエさんじゃないわ」

しんと、書斎は静まりかえります。

「どうしてそんなことをおっしゃるんですか」

「リエさんはおじいさまが亡くなったあと、しばらくしてからこの家に来たの。だからよく知らないはずなのに、パリのお土産と言ったら、亡くなる半年前に行かれたと、すぐ口にした。おかしいと思ったわ」

「たまたま知っていたんです」

「おじいさまが私のことをなんと呼んでいたか。本物のリエさんには話していない。でもあなたは私の言葉に知ってるふりをした」

リエさんの表情が少し変わります。

「引っかけたんですか」

声もそれまでとは異なります。ぞっとするような冷たさをはらんでいます。

「ならば奥さまが『ゆきちゃん』と教えてくれたのも、小雪さんがあらかじめ言い含めておいたから?」

「おばあさまから聞き出したのに、さも思い出したようにあなたは言いました」

「あらまあ、油断も隙もないですね。褒めてあげましょう。さすが小林芳雄のお孫さん」

小雪は口元を引き締め、まっすぐ睨みつけます。大好きなリエさんの姿形をした真っ赤な偽者。見破ったはずなのに、目に映るのは本物と寸分違いません。

「そんな恐い顔はお嬢さんに似合いませんよ。無駄話はやめましょう。私の用件はひとつきりです。手の中にお持ちの六つの宝石、お渡しください」

「おとなしく渡すと思います?」

「いいえ」

目の前の人物はまるで手品でもするように片手を宙に泳がせました。どこからか黒光りする物が現れます。拳銃です。銃口がぴたりと小雪に向けられました。

「こんなものを使いたくなかったのですが」

小雪は入り口へと視線を走らせました。

「無駄ですよ。母屋の皆さんはとっくの昔にお休みになっています」

離れに来る前に睡眠薬を飲ませ、みんなを眠らせたのでしょう。監視カメラも赤外線装置もスイッチを切ってしまえば役に立ちません。

「そちらこそ、さすがですね」

「お嬢さんがペンダントを見せてくださったからです。芳雄氏が手がかりを託すほどの人物なら、きっとお宝も発見してくれる。そう信じて、この書斎に賭けました。期待に応えていただき嬉しいです。ありがとうございます」

「在処を知ってるというのは嘘だったんですね」

今さらですが、すっかりだまされました。相手が知っていると思ったからこそ、なんとしてでも場所を突き止めようとしたのです。小雪の頑張りは利用されてしまいました。

「さあ、その包みをソファーに置いてください。そして今の位置まで下がってください。手荒なまねは、私だってしたくないんですよ」

やわらかな口調とは裏腹に、冷たい銃口は小雪の胸を狙っています。

「これがほしいなら、どうぞ持っていってください。差し上げます」

そう言うやいなや、小雪は腕を前に伸ばし、握りしめていた片手を開きました。そしてたった今みつけたばかりの、おじいさまから託された六粒の宝石、ロマノフ王家の秘宝を、宙にばらまいたのです。

ダイヤモンドやルビーは強い輝きを放ちながら弧を描き、無情にも床に落ちて跳ね返りました。乾いた音をたてて転がります。

これには謎の人物も目を剝きました。転がる六粒を呆気《あっけ》にとられた顔でみつめます。なんてことをと呟き、銃口は少し揺らぎます。けれど、にわかに這いつくばって宝石をかき集めるようなまねはしませんでした。はっとした顔になったあと、とても恐ろしい形相で小雪を睨め付けます。

「まさか、と思うが聞こう。床に転がっているのは偽物か」

声音も口調もガラリと変わります。ぞっとしましたが、小雪は臆することなく肩をそびやかします。それが答えです。

とたんに高笑いが書斎に響きました。

「これはこれは。どうしてどうして。やりますね、お嬢さん。金庫の中の偽物とすり替えたんですか。いったい、いつどこで?」

「夕飯のあとここでみつけました。お母さまが帰るときにこっそり持っていって、おばあさまにお願いしたんです」

本物は今、母屋の金庫の中です。

「そして私と、何食わぬ顔で宝探しごっこですか」

「そこまでわかったなら、もうひとつ、お気づきですね」

相手は憎らしいまでの涼しい顔で微笑みました。

「私が用いた睡眠薬は効きませんでしたか。皆さん、寝たふりだったんですね。なかなか芸達者な方たちだ」

「ここはすっかり包囲されています。お屋敷のまわりもすでにパトカーでいっぱい。逃げられませんよ、怪人二十面相」

小雪は毅然と言い放ちました。自分なりに精一杯の一撃です。とどめになるはずなのに、目の前の人物は相変わらず余裕をなくしません。ふふふふ、と、気味の悪い笑い声を立てます。背筋が寒くなるそれに、小雪は身震いしました。ここでひるんではいけないのに、自分の方が逃げ出したくなります。

「勇敢なお嬢さんだ。すばらしい。惜しみなく賞賛を送りますよ。でもね」

「でも、なんですか。もうおしまいですよ。あなたはここで捕まるんです。拳銃なんて恐くありません。大勢の人が今すぐにでも踏み込んできます」

「お忘れですか。私が二十面相ならば、本物のリエさんは今、どこで何をしてるのでしょう」

そのひと言は小雪の全身を凍り付かせました。足元が軟らかい泥沼になったよう。

「ご安心を。今は無事です。とある場所で何不自由なく過ごしてらっしゃいます。けれど私が無事に帰らなければ、とても悲惨なことになります。手下は私の言いつけを忠実に守りますから。誰にも止められません。そうですねえ、たとえば密閉された一室で、いきなり空気がなくなるとか、天井から多量の水が流れ込むとか」

「やめて。リエさんを返して。なんの関係もないでしょう」

あっという間に小雪の気持ちはぐらつき、泥沼にのまれてしまいます。

「元気な姿と再会したいなら、言うことを聞きなさい。ひとつ、無傷で私を小林邸から出すこと。ひとつ、本物のロマノフの秘宝をただちに渡すこと。いいですね。なあに、書斎を映す監視カメラは、回線そのものをハサミで切っておきました。万が一、意識を取り戻した人がいても見えないように。だから、今ここでのやりとりは誰も知りません。聞こえていません。今まで通り、私をリエさんとして扱えばいいんですよ。簡単でしょう？　さあ、行きましょう」

拳銃をどこかにしまった二十面相は落ち着いた足取りでドアに向かいます。手招きされて、しかたなく小雪は一緒に外に出ました。書斎のまわりはすでに大勢の人影で囲まれていました。踏み込む手はずを整えていたところに、中からふたりが現れたので、みんな息をのんで驚きます。

「小雪ちゃん」

真っ先に聞こえたのはおばあさまの声です。傍らにぴったりくっついた二十面相が、「うまくやってください」と念を押します。

どうすればいいのでしょう。打開策がすぐには浮かびません。リエさんのことしか考えられません。

こうしている今も、閉じ込められた部屋に水が注ぎ込まれているのかもしれません。

「危ないわ、小雪ちゃん。こっちにいらっしゃい。何をしているの」

おばあさまは声を張り上げましたが、他の人たちは緊張の面持ちでふたりを見守ります。拳銃で脅されているとでも思ったのでしょう。その方が、いっそましでした。

「ううん、ちがうの。この人は二十面相ではありません。本物のリエさんです」

小雪が言うと、傍らの偽者は両手を上げ、何も持っていないと人々に知らしめます。

「私の勘違いでした。皆さん、すみません。本物の二十面相は……二十面相は」

この人ですと言えたらどんなによかったか。

「たった今、偽物の宝石を持って逃げました」

どよめきがあがります。

「むこうです。東の方角。急いで追いかけてください」

小雪は自分の片手を上げ、書斎とは反対側を指し示しました。取り囲んでいた人垣が崩れ、一斉に駆け出していきます。それを虚しく見送ります。

「小雪ちゃん、ほんとうに大丈夫だったの？　私、心配で心配で」

「ごめんなさい」

「こちらは本物のリエさん？　二十面相は変装の名人ですものね。考えもしなかったんだけど、あなたに言われてひょっとしてと思ったの。お料理の味付けや洗濯物のたたみ方、お風呂の湯加減がいつもとちがったから」

歩み寄ってきてくださったおばあさまの手を取ると、何もかも打ち明けたくなってしまいます。あまりにもそっくりなので疑うことを忘れますが、よくよく思い返せば次から次に相違点が出てきます。姿形だけでなく声も似せていますし、どこでどう観察したのか仕草や言葉遣いまでなぞっているものの、完璧なコピーではやはりないのです。

「ううん。本物のリエさんよ。それよりもおばあさま、私、宝物が心配なの。こっそり持ってきてくださらない？　もう一度、別のところに隠したいの」

「今？」

「ええ。お願い。今すぐどうしてもいるの」

おばあさまはとまどった顔をします。ちらちらと偽者に視線を送ります。一度持った疑いは簡単にぬぐい去れません。そしてその違和感は圧倒的に正しいのですから。

「でも、小雪ちゃん」

「おばあさま」

ほんとうのことを言いたい。背後にいるこいつこそ、おじいさまの宿敵だと打ち明けたい。そっくりだけどリエさんじゃないと、大声で叫びたい。

けれど他ならぬリエさんの命がかかっているのです。

「お願い、おばあさま、私を信じて。金庫から宝石を持ってきて」

訴える声はほとんど涙声になってしまいました。

「わかったわ。何も言いません。今すぐ、持ってきましょう」

そう言って、おばあさまが踵《きびす》を返したときです。

すぐそばの石灯籠の陰から、何者かが現れました。

「行かなくてもいいですよ」

月明かりの眩しい夜でした。母屋も書斎も電気を煌々とつけていたので、そのせいもあるのでしょう。庭は真っ暗闇というわけではありません。現れた人影はたちまち全容を明らかにします。

眼鏡をかけた男の子でした。小学校の高学年くらいでしょうか。小雪は知らないよその子。近所の子でもなさそうです。なのになぜ、こんな時間、ここにいるのでしょう。

「小林希代子さんですよね」

おばあさまは母屋に行こうとしていた足を止め、律儀に「はい」と答えました。

「ロマノフ王家の秘宝はそのましまっておいてください。そこの人まね上手な偽者に、渡す義理はありませんから」

「なんのことかしら。小雪ちゃんは本物のリエさんだと言ってるのよ」

「いいえ。そんなはずはありません。なぜなら、本物はここにいるから」

男の子は木立の作る暗がりに向かって手招きします。

次に現れた人影に、居合わせた誰もが度肝を抜かれました。警察関係者はすべていなくなったわけではありません。残っていた人も、異変を感じ戻って来た人もいます。その人たちは口をあんぐり開けて、木立の前に立つ人と、書斎の入り口近くに立つ人を見比べました。まさに瓜二つ。

「どういうことなの、これは」

思わず小雪は叫びました。男の子がけろりとした声で答えます。

「ロンドンから電話があって、大急ぎで捜し当てたんです。二十面相のアジトのひとつに、三日前から監禁されていました。危険な目にはあってません。ね」

男の子の目配せを受け、木陰の女性が「奥さま」と泣き出しました。おばあさまが駆け寄り、ふたりはひしと抱き合います。それを見て、小雪は頭がくらくらしました。今の今まで安否を心配した人が、無事にみつかったのです。

「よかった。ほんとうに」

目元を押さえる小雪とは裏腹に、背後から舌打ちが聞こえました。振り返ればリエさんと同じ顔が、苦々しげに引きつっています。もう遠慮はいりません。

「あなたの脅しはもう効かないわ。皆さん、この人こそ予告状を送った張本人、怪人二十面相です！」

小雪の告発と同時に、二十面相は身を翻《ひるがえ》しました。なんと身軽なことか。庭石や植木を足がかりに、瞬きする間にも母屋の屋根に飛び乗ってしまいました。そこから声を飛ばします。

「何もかも、あともう少しだったのにな。飛び入りのおかげで台無しだ。そこの坊や。君は何者だ？　ロンドンと言ったね。明智小五郎の息子から指図を受けたか」

男の子は少しも動じず、屋根を見上げて言い返します。

「あんたの言うその人物は、母方のおじいちゃんだ。アジトを探すアシストもしてくれた」

聞き捨てならない言葉です。小雪は夢中で尋ねました。

「おじいちゃん？　だったらもしかして君は……」

「ぼくの曽《ひい》じいちゃんは、明智小五郎だ」

しばらく誰も二の句が継げませんでした。浅い呼吸を繰り返すだけです。小雪もおばあさまも警察の人たちもそして二十面相さえも。本物のリエさんだけがうなずきました。聞いていたのでしょう。

「おいおい」

やっと二十面相が我に返りました。

「そこのお嬢ちゃんが小林少年の孫で、坊やが明智小五郎のひ孫か。こりゃ傑作だ。役者が揃ったじゃないか」

「そういうあなたは誰なの？　本物の二十面相ではないでしょ。あなたこそ孫？ひ孫？　それともぜんぜん関係ない人が名前を騙《かた》っているだけ？」

「私はもちろん――」

いきなり彼は両手を前に突き出し、それを天に向かって振り上げました。優雅なまでの、くるりとしたターンをひとつ。するとどうでしょう。さっき、拳銃が出てきた手品のシーンと同じ。今度は武器の代わりに出で立ちが変わります。

黒いマスクに黒い装束、黒いハットをかぶった怪人が現れ、月明かりの中、黒いマントを翻しました。

「二十面相だ！」

「捕らえろ！　逃がすな！」

「回り込め、急げー」

大人たちが一斉に追いかけます。黒い影は踊るように屋根の上で飛び跳ね、次の瞬間、ほんとうに宙に舞い上がりました。

　翼でも生えたのかと驚きましたが、彼は上から垂らされた縄ばしごを摑んでいたのです。見上げるといつの間にか、月と地表の間に気球が浮かんでいました。

「お嬢ちゃん、坊や、今日の借りはきっと返させてもらうよ。子どもだからって容赦はしないからね。覚悟しときたまえ。しかしまあ、実に愉快だ。楽しくなりそうじゃないか。また会おう」

　二十面相はそう言い残し、おばあさまの家からぐんぐん遠ざかっていきました。地上は大混乱です。警官たちは指示を出し合い、家の前に駐めたパトカーや白バイを次々に発進させていきます。サイレンのけたたましいこと。

　やっと静けさが戻る頃、男の子のそばには歩み寄る大人がいました。若い男の人です。顔見知りのようで、「よかったね」「やったね」と話しかけます。男の子は眼鏡の縁を持ち上げ、かすかに微笑むだけです。

　小雪も声をかけました。

「リエさんのこと、ほんとうにありがとう。お名前を聞いてもいいかしら。私は小林小雪というの」

「ぼくは渋井《しぶい》千《せん》。さつき小学校の六年一組」

母方のおじいちゃんと言っていたので、「明智」という苗字ではないのでしょう。男の人が横から言います。

「千くんは小学生だけど名探偵なんだ。そうだよね」

「いいよ、言わなくて。今日だって、たまたまなんだから」

これまた聞き捨てならない言葉でした。

「君、名探偵なの？」

曽おじいさんのように。

男の子は口を尖らせ「ちがうよ」とか「別に」とか言いながら、男の人の背中を押します。あとのことは警察に任せて帰ろうと訴えます。そこにおばあさまがやってきて、強引にふたりを家の中に入れました。時計を見れば午後十一時半。たしかに小学生の寝る時間は過ぎているかもしれませんが、付近は大捕物の真っ最中です。監禁されていたリエさんの体調も気になります。

ふたりはそれから一時間後、おばあさまやOBさんたちの矢継ぎ早の質問やら、興奮に満ちた喝采やら、リエさんからのお礼の言葉やらをたくさん浴びたのち、本格的な警察からの事情聴取を翌日にしてもらって帰っていきました。

守り通したロマノフの宝石は関係機関と相談の上、しかるべき美術館に寄贈されることになりました。お父さまはにわかに勿体《もったい》ないいんじゃないかと言い出しましたが、おばあさまに「あなたの研究室にあげましょう」と言われ、数秒後に白旗を揚げました。

二十面相はまだ諦めていません。ということは虎視眈々と狙っているのです。そんないわくつきのお宝、警備はいっときも緩められないでしょう。

本物のリエさんは二十面相のせいで不自由な三日間を強いられましたが、外部との連絡を絶たれた以外は至れり尽くせりの日々だったそうです。高級リゾートホテルのコテージに隔離されていたので、美味しいものを食べ過ぎて体重が増えたのが一番の嘆きでした。

翌日から今までにも増してせっせと家事に励んでいるので、元に戻るのもすぐでしょう。

小雪は警察への捜査協力が一段落したところで、男の子の言った「さつき小学校」まで足を運んでみました。下校時間になるとランドセルを背負った子どもがわらわら出てきます。

小柄で眼鏡をかけて、とても賢そうだけど生意気で、ふてぶてしいまでにクールな男の子はどこでしょう。もしも、この前のようにとんでもないピンチに陥ったとき、頼めばもう一度手を貸してくれるでしょうか。

そうにちがいありません。なんといっても名探偵のひ孫なんですから。

同時に思います。自分もまた名探偵の薫陶《くんとう》を受けた少年探偵団初代リーダーの孫。

「頼るより、頼られるようにならなきゃね」

怪人二十面相からの再挑戦を前に、お腹にぎゅっと力を入れます。そんな小雪の前を、逞しくも明るい子どもたちの笑い声が通り過ぎていきました。

うつろう宝石

坂木司

坂木司（さかき・つかさ）

1969年、東京都生まれ。2002年に『青空の卵』にてデビュー。「ひきこもり探偵」「ホリデー」シリーズの他、『女子的生活』『和菓子のアン』『鶏小説集』『何が困るかって』など著作多数。

はじめの事件

もわりとあたたかい、春の宵《よい》のことです。

「では、ちょっと出かけてきますね」

『明智探偵事務所』と書かれたドアを開けて、一人の少年が出てきました。

目に眩《まぶ》しいほどの、りんごのような頬。聡明な輝きを宿す瞳。そう、彼こそが名探偵明智小五郎の片腕、小林少年です。

いつもと変わらぬ小林君ではありますが、よく見ると少し背が伸びています。手も足もすらりと長くなり、遠目にはもう大人のように見えます。

明智小五郎を師と仰ぎ、事務所に住まうようになってはや数年。それだけのときがたてば、少年が成長するのは当然です。それが、自然の理《ことわり》というものです。

長くなった足で、小林君は薄闇《うすやみ》を切り裂くように走ります。けれど急いでいる風ではなく、どこか楽しそうな面持ちです。

大通りを渡り、角を何回か曲がると、小さな店が集まる路地が見えてきました。

商店にまじって、おでんや煮込みの店があり、そこからいい匂いがただよってきます。さては、ここで夜食をとろうというもくろみでしょうか。

しかし小林君は、食べ物屋ではない、一軒の店の前で立ち止まりました。暖簾《のれん》に『質』という文字が見えます。

「こんばんは」

小林君は慣れた様子で質屋の暖簾をくぐり、上がりかまちに腰かけます。すると奥から、やはり背の高い、小林君よりは年上であろう青年が姿を現しました。

「おう、来たか」

青年は、小林君を見るとにやりと笑います。「しゅろ」のようにもさもさとした癖っ毛に、ぎょろりとした目。日焼けした肌は、どこか南方の国の人のようです。

「松《まっ》ちゃん、かわりはないかい」

「あってたまるかい。そっちは相変わらず、忙しそうだな。昨日も新聞で見たぜ」

松ちゃんと呼ばれた青年は、番台においてあった新聞を広げます。そこには、懲りずに悪事をはたらく二十面相の記事が載っていました。

さて、ここで賢明な読者諸君は、松ちゃんという名前に、なにがしかのひっかかりを感じたのではないでしょうか。そう、彼はかの有名なチンピラ別働隊の副隊長こと、のっぽの松ちゃんです。

チンピラ別働隊というのは、かつてアリの町に住んでいた浮浪児たちを、小林少年が組織したあつまりです。彼らは、良家の子女が揃う少年探偵団ではできない、夜間の活動や危険な任務をこなしていました。

ちなみにこの名前は、名探偵シャーロック・ホームズとともに活動する『パン屋町のごろつき隊』からとって、小林君がつけたものです。

その面々は、以前は浮浪児の元締めである親方のもとで、モク拾いをなりわいにしていました。しかし小林君と出会い、探偵の手伝いをするうちに、幾人か道を見いだした者がいたのです。あるものは明智探偵の口添えで学校に行くことになり、またあるものは正業《せいぎょう》につく道を選びました。

そんな中、のっぽの松ちゃんは、変わった道を選びました。職につくなら口をきいてやろうという明智探偵の申し出をあえて断り、自分で質屋に入ったのです。これは、おとなに見捨てられた浮浪児ゆえの自立心というものでしょうか。

「へえ。今度は社長令嬢の首飾りが盗まれたのか。フランスの宝石職人が作った、美術品のような逸品ときた。『紅《くれない》の涙』が使われてるんだから、大した値打ちものだ」

松ちゃんは、新聞をすらすらと読み上げます。学校に行ったことのない彼がここまで来るのに、どんなに苦労したか。それを知っている小林君は、にこにこと笑ってそれを聞いています。

「『紅の涙』っていうのは、首飾りについている宝石の名前だね」

「ああ。色が濃くて大粒のルビーさ。確か前には、フランスの貴族が持ってたんじゃなかったっけ」

質屋には、いろいろなものが流れてきます。生活に困った人の売る布団から、もと華族が手放した宝石まで。そしてそれを見極める目をもたなければ、偽物を掴まされて損をします。質屋の主人は、まず最初にそのことを松ちゃんに教えました。そういうわけもあって、いまや松ちゃんは、品物の値段や来歴に誰よりも詳しいのです。

「でも、おかしいな。小林君、きみはこの首飾りを見ていないのかい」

松ちゃんは、軽く首をかしげます。いつもなら二十面相が予告をしてきた時点で、明智探偵と小林君は品物の警備のため、現物を見ているはずなのです。

するとと小林君は、ははは笑いました。

「よくわかったね、松ちゃん。実は今回、明智先生もぼくも、この首飾りを見ていないんだ」

「なぜなんだ」

「二十面相のしわざじゃないからさ」

おや、これは不思議です。新聞には『二十面相』と書いてあるし、予告状も出されています。だのになぜ、小林君はそんなことを言うのでしょう。

「どういうことだ、小林君」

「この事件はね、初めからおかしいのさ。まず予告状が来た時点で、令嬢のお父上である大会社の社長は、警察にそのことを知らせなかった。だから明智先生のもとに連絡が来ることがなかった。

なんでも、警察に知らせたら悪いことが起きると、予告状に書いてあったそうだ。つまり、ぼくらは現場に呼ばれてすらいないのさ」

「ふうん。だったら、警察を通さずに明智先生に連絡すれば良かったのにな。それで解決した事件だって、いくらもあるだろう」

「そうなんだよ。そしてここがまた重要なんだが、社長はその手紙を燃やしてしまった」

「なんでそんなことをするんだ。証拠だろう」

首を傾げる松ちゃんに、小林君はうなずきます。

「本人は、おそろしかった、って言ってるようだけどね。でもぼくは、それがあやしいと思うんだ。

だって賊は、予告状の時間より前に現れたばかりか、令嬢の首から宝石をむしりとっている。そのせいで、令嬢は首に傷を負った。そんなやり方、二十面相は絶対にしない」

「なるほど。やり方が荒いんだな。てことは、あれか」

松ちゃんは、小林君と目を合わせます。すると小林君は、こくりとうなずきました。

「うん。売りに出されて、流れてくる可能性がある」

もし犯人が二十面相なら、首飾りはそのまま彼の私設美術館に飾られることになります。しかしただのけちな盗人だったら、それを金にかえようと売り出される可能性があるのです。

そして質屋には、盗品がよく持ち込まれます。そのまま売っては警察にばれてしまうからと、盗んだ賊が別人になりすまして売りに来たりするのです。そしてそういった品もまた、摑まされるとやっかいです。知らずに売れば盗みの片棒をかつぐことになるし、警察にばれたら没収されて、もうけがなくなります。

だから松ちゃんは、新聞を読むのです。どこで何が盗まれて、それが見つかっているかどうか、詳しく知っておく必要があるのです。

「それでおれのところへ来たわけか」

「そういうこと。二十面相ではない以上、これは明智先生の抱え込む事件じゃないからね」

小林君は、にっこりと微笑みます。

「よし。なにかわかったら、連絡しよう」

松ちゃんはうなずくと、立ち上がりました。

「ところで小林君、腹はへってないか」

「へったね。もういい時分だ」

「じゃあちょっと、つきあえよ」

二人は連れ立って、外へ歩き出します。そしてさらに細い路地を曲がり、間口の狭い飯屋に入りました。暖簾はあるけれども、椅子はない。薄暗い、立ち食いの一《いち》膳飯屋《ぜんめしや》です。

「ここはカメチャブしかないんだけどな」

そう言って松ちゃんは、小林君の前に丼を差し出しました。

「さあて、お坊ちゃんのお口に合いますかどうか」

「なに言ってんだい、松ちゃん。ぼくが何年、この町できみたちと過ごしてるか知っているくせに」

小林君は七味唐辛子を振りかけ、カメチャブを勢いよくかき込んでみせます。ちなみにカメチャブというのは、牛鍋を丼仕立てにしたもので、牛丼とも呼ばれています。

「それにしても小林君。最近、二十面相の名をかたった事件が多いな」

「そうだね。それだけきゃつが名を馳せたということだろう」

「それに関して、明智先生はどうしてるんだい」

松ちゃんの質問に、小林君はふと箸を止めました。実は小林君も、そのことが気になっていたのです。

「うん。まあ、いつも通り依頼が来たら対応するという形だよ。ただ最近は、二十面相の事件ばかりになりつつあるね」

以前、明智先生は二十面相以外にも多くの事件を抱えていました。そのせいで日本国内のみならず、海外に行くこともありました。そしてその留守を、小林君が守っていたのです。

「でもおかしいな。こういう奴らも出ているし、事件の数は増えているんじゃないのかい。おれは、明智先生はもっとお忙しいのかと思っていたよ」

「そうだよね。ぼくも、不思議に思うのだけど」

小林君は、さっき別れた明智探偵の姿を思い浮かべます。

明智探偵は安楽椅子に腰かけ、煙草と洋酒を楽しんでいました。それはとりたてて悪いことではありません。けれど何かが、ほんの少し、以前とは違ってきているのです。

「先生はここのところ、二十面相以外の事件を断っているみたいなんだ」

「へえ。それはまたどうしたことだい。もしかしたら、明智先生は今度こそ本腰を入れて、あいつを捕まえてやろうと画策してるのかな」

松ちゃんが、わくわくしたような顔で身を乗り出します。しかし小林君は、浮かない顔です。

「そういうことなら、いいんだけど」

けれども、やはり何かが違うような気がするのです。なぜなら明智探偵は、最近よく座るようになりました。また、夜の用事は小林君に任せることが多くなりました。そしてなぜか、ときを同じくして二十面相もまた、夜中の参上が減ってきたように思えるのです。

小林君は、そんなもの思いを振り払うように話題を変えます。

「ところで二十面相のかたりだけどね。ぼくはどうせ真似するなら、ちゃんと真似してほしいと思うよ」

「それは、どういう意味だい」

「予告状を出すなら、時間をきちんと守る。盗まれても生活に困らないようなところから盗む。そして何より大事なのは、人を簡単に傷つけないというところだ」

それを聞いて、松ちゃんは笑いました。

「なんだい、小林君。きみはまるで、二十面相の味方みたいだね」

「そんなことあるかい。相手は盗みをはたらくやつだぞ」

そう言いながら、小林君はふっと真面目な顔をしました。

「ただね、ちょっと。そういうところは、あるかもしれない」

松ちゃんにしか聞こえないような、小さな声です。

「だってあいつより悪くて、残虐非道なやつは、たくさんいるだろう」

昨今、巷《ちまた》にはぶっそうな話題が絶えません。新聞の一面は二十面相が占めていますが、そのわきや裏側には、小さな見出しで多くの事件が載っています。

それは人を殺してものを奪う強盗や、女子供にしてはならないことをする犯罪者。なかには、理由もなく人を傷つけて楽しむ人外の輩《やから》までいます。小林君は、そういうやつらと比べると、二十面相はまだ「ひと」だなあと思っているのです。

「なるほど。それはそうかもな」

松ちゃんはうなずくと、ぱちりと箸を置きました。

「ただ、おれが思うに、二十面相は最近、ちょっと手を抜いているような気がするな」

小林君は、驚きました。それこそが、さきほど小林君が懸念していたことだったからです。

「それってどういうことかな」

「いちばんはじめの頃。二十面相と明智先生は、いつも丁々《ちょうちょう》発止《はっし》のやりとりをしていて、見てるおれたちもすごくはらはらどきどきしていた。でも最近はどうだい、明智先生ときみは二十面相に慣れきってしまって、もはや恐怖も驚きもない」

小林君は、言葉に詰まりました。そう言われれば、そうなのです。二十面相という賊と対峙することに、もはや恐怖心はありません。なぜなら相手は時間を守り、無闇に人を傷つけない泥棒だからです。

「そしてそれは、世間の人間も、いや二十面相自身でさえ同じさ。みんな、二十面相っていう存在に慣れちまったんだ。飽きちまったと言ってもいい」

「松ちゃんには、かなわないな」

小林君は、松ちゃんをじっと見つめます。彼はチンピラ別働隊のころから察しのいい少年でしたが、最近さらに磨きがかかった気がしたのです。

「きみも探偵になれそうだ」

「よせやい。おれは質屋で充分だ」

松ちゃんは、まんざらでもない顔をしました。そして上着のポケットをごそごそ探ると、何かを小林君に差し出します。

「食えよ」

殻つきの落花《らっか》生《せい》でした。小林君はそれを受け取ると、りんごのような頬を輝かせて笑いました。

「なにかわかったら、ぼくも連絡するよ」

若者らしい食欲で丼飯をたいらげた二人は、店先で別れました。

しかし、その二人の姿を見つめている者がいます。そいつは、二人が店に入った後からやってきて、二人が出た後に店を出ました。あたたかな春の宵なのに帽子を目深《まぶか》にかぶり、だぶだぶの外套《がいとう》を着ているので、年齢もわからなければ、男か女かもわかりません。

そいつは店先でしばらくきょろきょろしていましたが、やがて松ちゃんが歩き去った方向へ向けて歩き出しました。

新たな事件

小林君と松ちゃんが会ってから数日後。新たな事件が起こりました。令嬢の首飾りが、戻ってきたのです。それも、塗り薬と一緒に。

「賊が、改心したということなんでしょうか」

小林君がたずねると、明智探偵はにやりと笑いました。

「ははあ、さては二十面相のやつめ、やってやったとみえる」

「なにをですか」

「復讐さ。自分の真似をして首飾りを盗んだやつから、盗み返したんだろう。塗り薬は、やつの意思表示だ」

それは一体、どういう意味なのでしょう。そして二十面相は、どうやってもとの犯人をつきとめたのでしょう。小林君の問いに、明智探偵はうなずきます。

「首飾りは、美しい胸元にあってこそ輝くものだ。だから薬を入れたんだろう。それはひいては、治ったら盗みに行きますよ、という意味でもある」

「じゃあ、予告状は」

「令嬢の首の傷は、さほど深くない。やつの薬を借りずとも、早晩治るだろう。そのあと、予告状が届くはずだ」

なるほど、二十面相ならやりそうなことです。そして明智探偵の鋭い考察に、小林君は少しほっとしました。

「なら、令嬢の周囲を調べてきます。どんな人間が周囲にいるのか知っておけば、あやしいやつがわかりますからね」

「わかった。ただし、くれぐれも気をつけるんだよ。令嬢を傷つけたやつは、まだつかまっていないからね」

「大丈夫です。そいつに関しては、ぼくなりに用心をしていますから」

「ほう」

明智探偵は、面白いものを見たかのような表情を浮かべました。

「では、行ってまいります」

事務所から飛び出してゆく小林君の後ろ姿を見ながら、明智探偵は愛用のパイプを取り出します。


数日後。今度こそ、きちんと捜査に加わることになった小林君は、さっそく令嬢の住む邸宅に向かいました。古いけれど、立派なお屋敷です。

入口には、すでに警官がいて、あやしいやつがいないかどうか見張っています。小林君が帽子をとってぺこりと頭を下げると、警官はうなずいて門を開けてくれます。いくども事件に関わっているので、顔が知られているのです。

「これが予告状です」

令嬢のお父上である社長が、小林君に紙を渡しました。今度こそ、本物の予告状です。

「本当に、守っていただけるんでしょうね」

社長は不安そうにたずねます。

「大丈夫です。明智先生は、お約束を必ず守ります」

小林君は、警備のために屋敷の中を調べます。開いている窓はないか、床下に納戸のようなものはないか、あちこち詳しく見て回ります。古いので、留め金がゆるんでいる場所がいくつかありました。あと、人が隠れることのできる大きな家具や、調度品を探したのですが、それはありませんでした。

そして不思議だったのは、首飾りの他に、宝石や美術品がほとんどなかったということです。

「親戚の屋敷や、銀行の貸金庫に預けてあります」

社長はそう言うのですが、なら、なぜ二十面相は首飾りだけを狙うのでしょう。

「もしや令嬢そのものに、興味があるのでは」

おそろしい考えに、小林君はぶるりと震えます。二十面相は、美しいものが好きです。もしそれが人間だった場合、どうなるのでしょう。人を傷つけはしないけれど、さらうかもしれない。生涯にわたって、きゃつの美術館で暮らすことになったりしたら、どうすればいいのでしょう。

「予告の時間は、夜の十時。そのころには明智先生もいらっしゃいます。それまで、首飾りは金庫に入れたままこの客間に。お嬢様は必ず誰かと行動を共にするようにしてください。いいですか、決して一人にならないでくださいね」

小林君は皆にそう告げると、再び捜査に戻りました。

そのころ、屋敷の近くにあやしい人物が忍び寄ってきていました。だぶだぶの外套に、目深にかぶった帽子姿の怪人です。あれは、松ちゃんと小林君についてきていた人物でしょうか。

「本当に、それで大丈夫なんですか。もし盗まれたら、誰が責任をとってくれるのです」

社長は、何度もしつこく、誰彼かまわず訴えます。前回盗まれたことが、よほどくやしかったのでしょう。部屋づきの警部や警官も、途中からうんざりした表情を浮かべています。

「二十面相に対してなど、誰も責任はとれませんよ。もちろん、警備に手を抜くことなどありませんがね」

一人の警部の言葉に、社長はがっくりと肩を落とします。

「どうしよう。これが奪われたら、我が家は終わりだ」

首飾りは、確かに高価なものです。けれど、「終わり」というのは少し大げさな気がします。

「首飾りは、なにかお家に関して特別ないわれのあるものでしょうか」

小林君が令嬢にたずねると、彼女は首をひねります。

「いえ。高価であるという以外、特に意味はないと思います。小林さまはご存じでしょうけど、『紅の涙』は有名な宝石です。私どもより前の持ち主もいます」

「つまりこれは、代々伝わったものであるとか、家の誇りということはないのですね」

「はい。そう思います」

ではなぜ「我が家は終わり」なのでしょう。その答えは、社長自身がつぶやきました。

「――来月、取引先の商船会社が主催するパーティーで、首飾りを披露する予定なんです」

名前を聞くと、誰もが知っている大きな会社です。

「あちらの社長は、首飾りをつけたうちの娘と、自分の息子を踊らせたいと言っていました。来歴のある宝石を、手に取ってみたいとも」

相手をがっかりさせるのはしのびない。娘だって、綺麗な首飾りを身につけて踊るのを、この上もなく楽しみにしている。社長はそう口にしていましたが、小林君は別のことを考えていました。

「もっともらしいことを言っているが、首飾りも令嬢も、商談の席に必要ということ

ました。

とだな」

娘より、仕事の方が大事なのか。そう思うと小林君は、少し悲しい気持ちになりました。


やがて約束の刻限が近づき、明智探偵がやってきました。

「どうだい、小林君」

「ああ先生。特にまだ、何も起こっていませんよ。屋敷内に、あやしい人物はいません」

例の人物は、外にいました。だから小林君は知らなくて当然です。しかし不思議なことに、明智探偵も同じようにうなずいたのです。

「そうだな。私も特に気になることはなかった」

明智探偵は、あの人物を見ていないのでしょうか。それとも、怪人は名探偵を恐れて、即座に物陰に隠れたのでしょうか。

そして、予告の時間になりました。客間の時計が時刻を告げる中、全員が固唾《かたず》を呑みます。

「なんだ、何も起こらないじゃないか」

警部が腕時計を見てつぶやいたとき、部屋の電気が急に消えました。暗闇の中、令嬢の悲鳴と警部の指示を出す声が響きます。さらには、ばたばたと数人が動き回る音がしています。

「離せ！」

「お前は誰だ⁉」

「誰も部屋から出すな！」

小林君は、あえてその中心には躍り出ず、壁に背中をつけたまま、ドアの近くに移動しました。出ていく人間がいたら、捕まえようという算段です。

小林君がドアのノブを探っていると、誰かの指先が触れました。すわ賊か、そう思って身構えると、その指がすいと小林君の手の甲を撫《な》でました。

ひんやりとした、指でした。

犯人の正体

突然、電気がつきました。外にいた警察官の手によって、電源がつながれたのです。

あかりがついた瞬間、客間には数人の男女が入り乱れていました。小林君の目に飛び込んできたのは、金庫を守るように抱え込んでいる警察官と、それを奪おうとしている男。怯えて立ちすくむ令嬢と、彼女を守るように寄り添っている明智探偵の姿です。

「明智先生！」

小林君は思わず声を上げます。

「どうしたんだい、小林君。令嬢は無事だよ。それにほら、首飾りの方も」

明智探偵が言ったとたん、賊の男が魔法でも使ったかのように、金庫の扉を開きます。重たい金庫を抱え込んでいた警官は、急には手を離すことができません。皆があっと声を上げる中、男は中のものを引っつかんで窓の方へと走ると、桟《さん》を突き破って外へ逃げて行きました。

「何故だ！」

警部の怒号が響きます。それもそのはず、賊が出ていった窓の桟は、丈夫な硬い木でできているのです。体をぶつけたくらいではびくともしない、飾り窓でした。

「おやおや、逃げ足のはやいやつだ」

明智探偵がのんびりとした調子で言うと、社長が呆気《あっけ》にとられたような表情を浮かべます。

「どうしたんです、明智先生。賊が姿をくらましたというのに、なにを呑気な」

警部の追及に、明智探偵はうなずきました。

「ご心配はごもっとも。しかし賊の行き着く先は、もう知れているのでね」

「どういうことですか」

社長が不安そうな顔でたずねると、明智探偵は声を上げて笑いました。

「あなたは、賊の正体を知っているというのに、まだお芝居を続けようというのですか」

「明智探偵、それはどういう意味ですか」

警部が驚いたようにたずねます。

「どうもこうも、ないですよ。これはただの自作自演。さっきの賊は、社長の雇ったけちな小物です。二十面相なんかじゃない」

「なんですって?」

「金庫の鍵が開いたのも、窓の桟が壊れたのも、社長が前もって細工しておいたからですよ。その証拠にほら、木に切れ目が入っています」

明智探偵の指さした部分を見ると、確かにのこぎりを入れたような、ぎざぎざとした跡が残っています。

「でも、なんでそんなことを」

「簡単なことですよ。あれが、偽物だったからです」

それを聞いて、令嬢の目が見開かれます。

「失礼なことを申し上げますが。最近、お父様の会社は経営が思わしくなかった。それは、あなたもご存じですね」

「はい」

「嘘を言うな。そんなことはない」

怒りだす社長を横目に、明智探偵は続けます。

「ご本人として、認めたくないお気持ちはわかります。ですが、あなたのところは有名な会社ですからね。経済新聞の記者に探りを入れたら、すぐにわかりましたよ」

社長は、がっくりと肩を落とします。

「資金繰りに困ったあなたは、娘の結婚と共に、件《くだん》の商船会社と手を組もうと考えた。お母様が亡くなっていらっしゃるから、令嬢も従うしかなかったのでしょうね」

「そういうことに、なっていました」

令嬢は、悲しそうな表情でうなずきました。望まぬ結婚だったのでしょうか。

「幸い、令嬢はお美しい。先方の息子さんは喜ばれたようで、来月のパーティーは彼の婚約発表も兼ねていると、財界では囁《ささや》かれていました。しかしそこに、予想外の事態が起きた。先方の社長が、首飾りを見たいと言い出したのです」

明智探偵の言葉を聞いて、小林君はひらめきます。

「まさか。社長は、首飾りをお金にかえていたのですか」

「さすがだ、小林君。その通り、社長は首飾りの宝石を少しずつ売り飛ばし、会社の資金にしていたのだ。しかしそれでも資金繰りははかがゆかず、ついに本物は、中心の『紅の涙』を残すのみとなってしまった。

しかし『紅の涙』は有名だから、どこに売っても出所がわかってしまう。売っていることが取引先に知れたら、それこそ倒産の危機だろう。そこへ、今回の合併話が舞い込んできた。しかも令嬢の将来まで約束されるとは、渡りに船の申し出だ。

けれど、首飾りは偽物だ。

それでも、この機会を逃すことはできない。そう考えたあなたは、自作自演で首飾りを手の届かぬものにしようと考えた。これが真相だ」

明智探偵の推理を聞いた社長は、へなへなと床に膝をつきます。

「じゃあ、最初の事件はどうなんだ」

警部の質問に、明智探偵は答えます。

「前回も、もちろん同じですよ。自作自演ですから、予告状など初めから存在していません。警察に届けなかったのは、そういう理屈です。ただ、乱暴なやつを雇ったため、令嬢の首に傷を残してしまったのが誤算でしたね。そのため令嬢と使用人が騒いで、表沙汰になってしまったのですから」

「じゃあ、二十面相は」

「言いわけのように名前を使われて、くやしかったんでしょうね。だから偽物をわざわざ盗み返して、意趣《いしゅ》返しのために置いていったわけです」

消えてほしかった首飾りが再び現れて、社長は困ります。そこで、もう一度きちんと盗みなおさせようとしたというのです。

「パーティーの日までに、首飾りは盗まれなければいけなかった。でなければ、合併も婚約も危ういですからね」

明智探偵の推理を受けて、小林君はうなずきます。

「なら、もとより賊の行き着く先はわかっているということですね」

「そういうことだ。簡単に売ることができない以上、社長が再びどこかで保管するのだろうね。ただ、そう安心もできないけれど」

「どういうことですか？」

「けちな悪党は、簡単に依頼主を裏切る。出所が知れようがなんだろうが、目先の金欲しさに『紅の涙』を売り飛ばすことは、充分考えられるからね」

明智探偵の言葉に、社長の顔がさっと青ざめます。しかし明智探偵は、社長にのんびりと声をかけます。

「心配ご無用。その件に関しては、彼の友人が力を貸してくれますから」

ああ、なんという千里眼でしょう。小林君の考えていたことなど、やはり名探偵明智小五郎にかかればお見通しなのです。

「松ちゃんに、よろしく言っておいてくれたまえ」

「わかりました」

早晩、首飾りは質屋の情報網に上がってくることでしょう。明智探偵は、そこまで予期した上で、賊をわざと取り逃がしたのです。

「ここで捕まえても良かったんだがね。どさくさに紛れて社長がきゃつを手にかけないとも限らない。裏付けの証言を取るためにも、きゃつには生きていてもらわねば」

ははは、と声を上げて明智探偵は笑います。そんな彼を前にして、小林君はぶるりと身を震わせます。

明智先生は、やはりすごい。そしてやはり、おそろしいひとだ。

本当の美術品

事件は、解決したかに見えました。けれど小林君にはひとつ、謎が残っていました。暗闇の中で触れた、あの指です。

あの指を、小林君はてっきり明智探偵だと思っていました。それは、指文字のせいです。あの暗闇の中、指は小林君の手の甲に「A」と書きました。それは明智探偵と小林君の間で決められた、「明智小五郎」を示す暗号です。なので小林君は安心しました。そしてその指の持ち主は、暗闇の中、しずかにドアを開けて出ていきました。

けれどあかりがついたとき、明智探偵は令嬢の側に立っていました。だとしたら、あれは一体誰だったのでしょう。それは、考えるまでもありません。

「二十面相のやつめ」

小林君は、町を歩きながらポケットの中の紙をくしゃりと握ります。二十面相から、彼あてに手紙が届いたのです。

『本当の美術品を知りたくば、誰にも告げずに、ここに来い』

場所はなんと、松ちゃんの質屋の近くにある立ち食いの焼き鳥屋です。ここはいつも煙がもうもうと立ちこめ、焼き鳥をつまみにして酒を飲む男たちで混みあっています。

「害意はないということなんだろうが」

それにしても、もうちょっとましな場所はなかったのでしょうか。小林君は、煙でしばしばする目をこすりながら、店の中に入りました。狭い店内では、肩をぶつけあうようにして体格のいい男たちが焼き鳥を食べています。

「おっと、ごめんよ」

「いえ」

酒を持った男に軽くぶつかられて、小林君は会釈を返します。するとその男は、小林君の前に串の載った皿を置きました。

「まあそう硬くならずに、食べたまえよ」

小林君がはっとして顔を上げると、そこには髭をぼうぼうに生やした、猫背《ねこぜ》の労務者風の男がいました。

「お前が、二十面相だな」

「そうかもしれないし、そうではないかもしれない。でもおれは、美術品に関して情報を持っているよ。聞きたくはないのかい」

男の言葉に、小林君は言葉に詰まります。すると男は、彼の前に欠けた茶碗を差し出しました。

「なに、心配するな。ただのお茶さ。おれは青少年に、酒や煙草をすすめるようなことはしない。明智と違ってね」

「なんでそれを」

小林君は、こころの底から驚きました。明智探偵はたまに、自分の飲んでいる洋酒や煙草を味見させてくれることがあるのです。けれどそれは、ごく少量です。お酒なら自分の飲んでいるグラスからひとくち、煙草もやはり吸いさしのものをひとくちといった具合です。

「明智先生は、それも社会勉強のうちだと言っている」

「それも真実だ。だがおれなら、若者の健康で美しい体に毒なぞ入れたくないね。

美しいものは、そのままにしておきたい。あえて汚すのは、あいつの流儀だ」

　明智探偵を批判されたようで、小林君は面白くありません。そんな彼に向かって、男は語りかけます。

「あの小悪党が金庫を開けたとき、首飾りがどういう状態だったか知っているか」

「中心だけが本物で、あとは偽物だったんだろう」

「そう。だが、形そのものが違った。あの社長が宝石をばらして売っていたせいで、首飾りは原形をとどめていなかった」

「でも、令嬢が首から外すところを見たぞ」

「それこそが、完全な偽物さ。社長が体面を気にして作らせた、新しいものだ。本物はずっと、糸が切れたひどい状態で金庫の中にあった」

　なるほど、それはそれで納得できる理屈です。小林君は軽くうなずきます。

「雇われた小悪党は、金庫から『紅の涙』だけを摑んで逃げるよう指示されていた。そして二十面相は、その残り物に手を出した」

「残り物だと」

「宝石を外していった首飾りには、何が残る？」

　その問いかけに、小林君はあっと声を上げました。

「留め金か」

松ちゃんの言っていた、「フランスの宝石職人が作った、芸術品のような逸品」という言葉を思い出したのです。

「ふふ、よくわかったな。あの留め金は宝石ほど古くはないが、充分に骨董的な価値のあるものだよ。それに、とても美しい」

男は、猫背の風体に似合わぬうっとりした声を出します。

「それにしても、皆が『紅の涙』ばかりに注目してくれたおかげで、二十面相としては楽だったそうだよ。そもそも留め金には捜索依頼も出ていないし、これは盗みと言えるかどうか」

「ふざけるな」

盗人猛々《たけだけ》しい理論に、小林君はむっとしました。けれどそこでふと、疑問がわいてきます。

「お前は、留め金を返す気はないんだろう。だったらなぜ、ぼくをここに呼んだんだ」

すると男は、かろうじて見えている口の端をにっと吊り上げます。

「じゃあおれも聞くがね。きみはなぜ、明智に行き先を告げずにここへ来たんだい」

「それは手紙に、誰にも言うなと書いてあったからだ」

「だからといって、馬鹿正直に従う探偵がいるかい。少なくとも今までのきみなら、師にお伺いをたててから来たはずだ」

小林君は、再び言葉に詰まります。

「言われたくないことを、言われたって顔だな。だが、これが事実だ。きみは明智小五郎に内緒で、ここへやってきた。理由は、落花生」

「なんでそれを知ってるんだ」

小林君は、ぎょっとしてポケットの中の落花生を握りしめます。

「おいおい、二十面相をなめてもらっちゃ困る。落花生が、きみと質屋の小僧との通信手段だってことくらい、調査済みだよ」

言い当てられて、小林君は紅い唇を嚙みしめます。こいつの言う通り、松ちゃんとは落花生を使って情報をやりとりしていたのです。

そしてついこの間、カメチャブ屋でもらった落花生の中には、小さく折りたたまれた紙が入っていました。その文章とは、こうです。

『怪しい人物に扮した明智先生が、きみをつけている』

まさか、と小林君は思いました。けれど社長の家に行ったときも、明智先生は自分の後をつけていました。松ちゃんの情報で用心していたから、すぐにわかりました。

「きみは今、明智小五郎に不信感を抱いている。だからこそここに、一人で来た」

「そんなことがあるものか」

口ではそう言うものの、小林君の心中は複雑です。明智先生のことはもちろん尊敬していますし、これからもお手伝いをしたいと思っています。後をつけられて困惑はしていますが、ためらいの原因はそこにはありません。

「認めないのなら、おれが口に出してやる。小林君、きみは明智やおれのことを老いぼれだと感じはじめているのだろう」

「馬鹿なことを言うな」

「同じような攻防を繰り返しながら、どこかが雑になってゆく姿を見て、幻滅したことはないのか。座る時間が長くなり、夜も外に出なくなった彼に老いを感じたことはないのか」

小林君の茶碗を持つ手に、ぐっと力が入ります。

「世間で起こる事件はどんどん猟奇的になっていっているというのに、そちらには目もくれず、二十面相とずっと泥棒ごっこをして楽しんでいる。そんな明智を見て、『第一線を退いた者』と捉えているんじゃないか」

たたみかけるように言われて、小林君はもはやぐうの音も出ません。ああ、なんということでしょう。かつては世界の王のように感じたひとのことを、こんな風に思うときが来るなんて。

「時の流れというのは、残酷なものだ」

煙に目をしばたかせながら、小林君はつぶやきます。目の縁に光っているのは、あれは涙でしょうか。

「おやおや、きみともあろう人が」

男はふっと笑うと、ふところから何かを出して、小林君の前にかちりと置きます。薄い煙の中でも光る、小さな金剛石《こんごうせき》です。穴が開いているところを見ると、どうやら件の首飾りの一部のようです。

「さっきも言ったが、おれは変わらぬ美を愛している。その頂点がこういった宝石であり、美術品だ」

「今さらなにを言っているんだ」

「しかし、明智は違う。やつは変化を愛する。うつろいやすいものを、見つめ続けることが好きなのさ。世の中の変化や、時の流れとともに、少年が青年に変わってゆく姿とかね」

小林君は、はっとしました。

「あいつのそんな欲望の前では、おれはただの添えものさ。二十面相はメインの皿じゃない。だから、対応もおざなりになる」

「宿敵じゃ、なかったのか」

怪人二十面相と、名探偵明智小五郎。この組み合わせは絶対で、がっちりと組み合っている。小林君は、そう信じていました。けれど目の前の男は、それを否定します。

「明智は、時を見つめ続ける。おれは、変わらぬ美を見つめ続ける。けどな、ときどきおれはあいつが心底おそろしいと感じることがあるよ。それは」

「それは?」

言葉を切った男が、不意にぐるりと背中を向けます。ぼろぼろの作業着が目に入ったと同時に、ばさりと床に落ちました。煙の中で目をこらすと、そこには別人のように背筋のすっと伸びた男の姿が見えます。

「それはな、明智の目が神様と同じだということだ。あいつは、どこか遠い場所から、人の営みを愛するようなところがある」

「それのどこがおそろしいんだ。素晴らしいことじゃないか」

小林君が反論すると、男はくくくと笑い声を上げます。

「わからないか。わからないだろうね。じゃあ教えてしんぜよう。明智という男はね、変化を愛するあまり、自分自身の老いや衰え、そしてその先に控えている死までをも楽しんで見つめているのさ。つまりあいつはもう、ひとじゃない。なぜならひとは、純粋にひとを楽しむなんてことは、できないからな」

小林君は、言葉を失います。呆然と立ち尽くす彼の前で、男はつけ髭に手をかけます。そしてそれを床に落としたとき、ばたばたと人が近づいてくる気配がしました。

「小林君、無事か」

店の入口から叫んでいるのは、松ちゃんです。

「落花生の君がお出ましか。じゃあおれは、この辺で失礼するとしよう。さらばだ、小林君」

男はそう言い残すと、身を翻して煙の中に姿を消しました。おそらく、裏口の方に向かったのでしょう。

「明智先生から連絡があってね。きみが窮地なんじゃないかと」

「いや、心配には及ばないよ。相手は二十面相だ。危害は加えない」

言葉とは裏腹に元気のない小林君を見て、松ちゃんは不安になりました。そこでぐっと肩を引き寄せて、顔を近づけます。

「ともかく、無事でよかった。話はあとで、ゆっくり聞かせてくれよ」

「ああ」

小林君は、力なくうなずきます。きっといまこのときも、見られているのだろうと思うと、風邪をひいたように背筋がぞくぞくします。

「しかし、明智先生はやはりすごいな。おれたちのもくろみを、全部知っていたぞ。後をつけていたのは知っていたが、ここまでとは」

「そうだね」

「敵に回したら、おそろしいひとだなあ」

松ちゃんは笑っていますが、小林君は笑えません。自分のすべてが、明智探偵の手のひらの上にあるような気がするのです。

ひとのこころは、うつろいやすいものです。そしてうつくしく、またおそろしいものです。

『紅の涙』の首飾りをめぐる事件は、これでおしまいです。けれど少年探偵団の冒険は、まだまだ続きます。

彼らを見つめ続ける、目がある限り。

溶解人間

平山夢明

平山夢明（ひらやま・ゆめあき）

1961年、神奈川県生まれ。96年に『SINKER——沈むもの』でデビュー。2006年に「独白するユニバーサル横メルカトル」で第59回日本推理作家協会賞短編部門を受賞。10年に『ダイナー』で第28回日本冒険小説協会大賞、11年に第13回大藪春彦賞を受賞。

乾酪《チーズ》の魔人

1

その晩、いつものように小林少年はチンピラ別働隊のポケット小僧とともに町を巡回していました。家々の窓からは夕食中らしい穏やかな団欒《だんらん》の様子が漏れてきます。

「今日も町は平穏だなあ」

「そうさ。だから、先生はなんだか古ぼけた切手の探索なんぞも引き受けて出張さ」

「切手?」

「ああ。どこだかの一円切手らしいけどね。先生の酔狂にもまったく困ってしまうよ」

小林少年は、どこからかやってきたカレーの香りに鼻をひくつかせました。

「こうも平和が続くと体がなまっちまう。パーッと派手な事件でも起きねえかなあ」

「おいおい。そんな物騒なことを言っちゃ困るよ。僕たちが頑張っている証拠じゃないか」

ポケット小僧の軽口に小林少年も思わず苦笑いです。

そのとき、闇を引き裂く女性の叫び声が聞こえました。

「！」

とっさに顔を見合わせたふたりは声のした屋敷に飛び込みました。そこは辺りでもひときわ豪華な屋敷で、門から玄関までかなり離れていました。玄関には車が寄せてあります。ふたりが近づくと、再び絶叫です。

ドアには鍵が掛かっていたので彼らは裏へ回りました。広い庭に面した大きなガラスの引き戸が開いています。彼らはそこからなかへ飛び込みました。

豪華なリビングの暖炉《マントルピース》の前で、ふたりの男女が震えながらうずくまっています。

「大丈夫ですか！」

小林少年が彼らに声を掛けると同時に、ポケット小僧が廊下づたいに他の部屋を見回りに行きます。

「お怪我《けが》はありませんか？」

よほど恐ろしいことが起きたのでしょう。ふたりの大人は口も利けません。ただブルブル震えながらポケット小僧が向かった廊下の先を指差したのです。

小林少年がそちらに目を向けた途端、「うわあぁぁ」という悲鳴が聞こえました。あの、体《なり》は小さいけれど肝っ玉の太いポケット小僧の悲鳴です。小林少年はＢＤバッジを握り締め、駆け込みました。

「げぇっ」

次に喉を鳴らしたのは小林少年のほうでした。

飛び込んだのは玄関脇の小部屋でしたが、そこには見たこともない〈異様なもの〉がいたのです。

すっかり腰を抜かしてしまったポケット小僧は床にへたりこんでいました。

『ぐっげぇぇ！　げぇげぇ！　げきょげきょ！』

その生き物は、いや、元は人間だったのでしょう。しかし、今、目の前にいるのは全身が溶けた蠟《ろう》のような姿の人だったのです。髪はべたべたに膿《う》み崩れ、皮膚のない白い腱《けん》と赤剝けた筋肉でだんだらの顔、穴だけの鼻、唇のない剝き出しの歯、肉髑髏《にくどくろ》の隙間から目玉のみが鋭く光っています。しかも腕にはすでに溶けてしまった人間を捕まえています。

あまりの光景に、さすがの小林少年も足がすくんでしまいました。

『げぼっげろろ』

溶解人間は捕まえていた人へさらに消化液を浴びせました。

「ポケット小僧、あぶない！」

怪物の口がこちらを向いた瞬間、小林少年は震えている小僧をむんずと掴《つか》まえると部屋の外へと自分もろとも放り出しました。しかし、とっさにBDバッジをぶつけることは忘れません。部屋から出るとすぐにガチャンとガラスの割れる音がし、怪物は犠牲者ともども姿を消していました。

「ちくしょう！」

「あ、待つんだ！」

小林少年の制止を振り切ってポケット小僧は駆け出しました。きっと不覚を取った悔しさに我を忘れてしまったのです。

振り返るとリビングにいた男性が木刀を手に立っていました。

「逃げて行きました」

小林少年の言葉に男性は応えず、小部屋を確認し、壁を見て「あっ」と短い声を発しました。そこには血文字で、

『枯死黒丸　怒呂里』

と描かれてあったのです。

「これは……」

「黒丸《くろまる》は私の姓《せい》です」

男性はうなだれました。

「どろり……」

小林少年は『怒呂里』をそう読みました。

リビングに戻ると、さきほどの女性がソファに身を横たえていました。

「婚約者《フィアンセ》の小野寺聰子《さとこ》です。私は黒丸英吾《えいご》と申します。ボルテックス化学工業の主任研究員をしています」

「あの怪人は何者ですか？　何か御存じならお聞かせください」

小林少年は身分を明かしながら、黒丸博士に言いました。

しかし、黒丸博士は首を振るばかりで心当たりはないと言います。

「ただちに通報することをお勧めします。幸い僕には警視庁に懇意《こんい》にしている中村善四郎という警部がいます。彼ならきっと親身になって捜査をしてくれるに違いありません」

「できません！」

黒丸の悲鳴にも似た返答に小林少年は面喰らいました。

「それはできません……できんのです」

「なぜです？」

黒丸は暫《しば》し考え込んだ挙げ句、ぐったりしている婚約者を見て観念したとでも言うように口を開きました。

「それは……私の研究が極秘のものだからです」

「極秘？」

「はい。これは政府の意向もあることなので詳しくは申せませんが、携《たずさ》わっている研究に多少でも影響のあることは厳《げん》に避けなければならないのです」

「ですが……現に犠牲者が……」

「はい。事の重大性は承知しております。ですが……」

小林少年は混乱しました。が、こんなとき、明智先生ならどうするだろうとも頭の一方で考えていました。数々の難事件のなかには、事件が複雑であればあるほど被害者がこのような主張をすることもあるのです。小林少年は通報を強要することはいったん控え、今は事情聴取することが先決だと判断しました。

「それでは博士が御存じのことだけでもお知らせください。被害者は誰です？」

黒丸博士は沈痛な面持ちで言いました。

「あれはかつての同僚、清水敬司《しみずけいじ》です。彼はわざわざ警告をしにやってきてくれたのです」

「警告？」

「ええ。かつて我々が開発した研究データを何者かが盗み出そうとしているから充分に気をつけ給《たま》えと忠告してくれたのです。彼は手洗いに出たところを襲われてしまったようです。驚いて駆けつけるとすでに彼はあの化け物によって半ば溶かされていました。私たちはもう恐ろしくて恐ろしくて……どうすることもできませんでした」

黒丸博士はそこまで一気に話すと婚約者の聰子さん同様、ぐったりとへたり込んでしまいました。

「申し訳ないが、君にこの事件をお願いできないだろうか……」

博士がぽつりと呟きました。

「僕は助手です。現在、僕のお師匠である明智先生は出張で留守なのです。先生が戻るまでの間ということでしたらお受けできると思います」

「それで結構。是非、お願いしたい。実は我々の研究チームにはもうひとり仲間がいるのだが、まったく連絡が取れず心配でならない」

「場所はどこです？」

2

黒丸博士から住所を聞き出した小林少年はすぐさま溶解人間を追っていったポケット小僧を捜しに出ます。幸い彼もBDバッジを使用するだけの機転は働いていたようで、電柱や板塀の根方など、常人は気づかないけれど探偵術を知っている者には必ず目に留まる場所に散らしてあります。バッジは町を外れ、丘に向かいます。住居がまばらになり、ついには深い藪《やぶ》ばかりという場所に来たとき、小林少年はポケット小僧の靴が落ちているのを発見しました。慌てて周辺を調べると銀杏《いちょう》の木の根元でポケット小僧がぐったりしていました。体のあちこちが粘液でべとべとになっています。

「おい！　しっかりしろ！」

ようやく目を覚ましたポケット小僧をなんとかタクシーに乗せると、そのまま明智探偵の麴町アパートまで連れて帰りました。

「まあ！　いったいどうしたの」

ふたりを見て明智探偵の奥さんのめいであり、また明智探偵の助手でもある花崎マユミさんが目を丸くしました。

ふらふらのポケット小僧をベッドに寝かせると、小林少年は事の顚末《てんまつ》を壁のメッセージとともにマユミさんに語って聞かせました。

「なんて恐ろしいこと……」

「とにかくこのままにしておくわけにはいかないよ。僕は早速、仲間だというもうひとりのところへ行ってくる。マユミさんは先生に事の次第を電報しておいて」

「わかったわ」

「念のために無電（無線電話のこと）を持って行くから」


黒丸博士から聞き出したのは、杉並区の原っぱの真ん中にある洋館でした。表札には教えてもらったとおり〈木下羊蔵《きのしたようぞう》〉とありました。

「こんばんは」

夜も更けて参りましたのでインターフォンから小声で呼び掛けてみますが返答がありません。小林少年は胸騒ぎを感じ、石垣を巡らせた高い塀をよじ登ると邸内に侵入しました。外から覗くかぎり、家のなかに人の気配はまったくありません。玄関ではドアノブが簡単に回りました。見るとアーム式電話台から受話器が外れていて〈ぷーぷー〉と注意音を発しています。これでは電話は掛かりません。小林少年は受話器を元に戻しました。

「木下さん……」

声を掛けながら進むと、室内は何日も掃除をしていないように荒れ放題です。壁のスイッチを押しても反応がありません。

邸内をあらかた捜してみましたが、木下博士の姿はありませんでした。

……もしかすると、すでに溶解人間にやられてしまったのかもしれないな。

小林少年がそう思い始めたとき、鋭い光が目を襲い、一瞬、見えなくなりました。

『動くな！』

声がしました。

『貴様は何者だ！』

「僕は少年探偵団の小林と言います。黒丸博士から木下さんを守るように言いつかって来ました」

『黒丸？　今さら、黒丸が何故？』

「さきほど体が溶けた怪人に同僚の清水さんが黒丸博士の家で襲われたのです。幸い博士は無事でしたが、同じ研究仲間である木下さんの身を案じて僕をここに来させたのです」

小林少年の言葉に、強烈な光が消えました。どうやら天井に仕掛けてあるサーチライトのせいだったようです。

ゴオンッと重々しい音がすると壁の一部が動き始めました。砂ずりの壁に見えていたものが開くと、奥に隠し部屋が登場しました。なかには小林少年とあまり背丈の変わらない白髪の男がいました。ビニールでできた手袋と服に、ゴーグルとマスクを着けています。

「ふん。子供か」

男はゴーグルを外しました。目玉が油断なくギラギラと光っています。

「よろしければ黒丸博士と合流なさいませんか？　そのほうがここよりも警備が強固になると思います」

「ふん」木下は鼻を鳴らしました。「黒丸に何ができる。化け物の正体は分子レベルで細胞が暴走した結果じゃ。儂《わし》の考えでは消化液が常人の数倍量生産され、濃度もとてつもなく高い。故に汗腺からも噴出し、自らを溶かすことによりあの有様となったのじゃ。なにしろ普通の人間でも一日におよそ七リットルは生産する消化液を、あの化け物は三十……四十……否、五十リットル以上も排出するんじゃ。唾液のアミラーゼ、胃のペプシン、小腸のラクターゼ、エレプシンは言うに及ばず、すい臓のトリプシンの溶解力ときたらワイヤーでさえボロボロに腐食させるほどじゃからな。自らの体を溶かし終えるまで、あれは誰にも止められん。いわば完全な人間兵器よ……ははは」

木下はそこまで一気に話すと、小林少年を指差しました。

「黒丸の奴め、儂の忠告を無視しておった報いよ。それがとんだとばっちりじゃ。儂はあんな奴の世話にはならん。これを見ろ。原爆にも耐えうるセーフティールームじゃ。しかも、完全無菌。おまえのような汚らしい小僧には触れたくもない」

「博士、お仲間のひとりはすでに襲われています。ここで孤立されるのは危険すぎます」

……この人は極度のきれい好きなんだ。

そう感じた小林少年は何か連れ出す良い方法はないかと辺りを見回しました。すると机の上に汚れた黒い塊があります。それはカビに覆われた一斤の食パンでした。セーフティールームを無菌化することにこだわるあまり、他の部屋がおろそかになったのか、もしくは数日前からこもり続けていたため放置され続けていたのでしょう。強引な手段ですが仕方ありません。小林少年は青黒くカビた食パンを摑むとセーフティールームのなかへ投げ込んだのです。

〈ぼふん〉と布団を叩いたような音とともに、カビの胞子がもうもうと立ちこめました。

「ぎぃや！　な、なんということをするのだ！　貴様！」

部屋から飛び出した木下博士が小林少年に摑み掛かります。

「博士、お願いです。一緒に黒丸博士のところへ。そこで警察に保護してもらいましょう！」

「嫌じゃ！　嫌じゃ！　嫌じゃ！」

怒りで目を充血させた木下博士は、我を忘れたのか小林少年にのしかかり、首を絞め始めました。

「博士！　聞いてください！　ぐぅぅぅ」

さすがに大人の力です。これが単なる悪人ならばやっつける方法はいくらでもある小林少年ですが、保護するべき相手を傷つけるわけにはいきません。やがて目の前がボウッと暗くなってきました。失神する予兆です。

「ぎゃあ！」

突然、物凄い叫び声とともに小林少年は体が自由になりました。とっさに身を離し起き上がると、博士の体が宙に浮いていました。

『げっげっげぇぇ』

なんということでしょう！　目の前にはどろどろに腐り爛《ただ》れたような人間の姿がありました。黒丸邸では感じなかった臭いが部屋中に立ちこめています。

「た……たすけて……」

木下博士は溶解人間に捕らわれ、高々と天井近くまで持ち上げられています。

「博士！」

小林少年は溶解人間に捨て身の体当たりを決行します。が、ぶつかる直前に手で払われてしまいました。しかも、その怪力は凄まじいもので、彼の体はセーフティールームのなかまで弾かれてしまったのです。

「ううう……」

金属の内壁に激突した小林少年は苦痛に呻きました。立ち上がろうとしましたが手足に力が入りません。

目の前では、木下博士が溶解人間を突き放そうと手を伸ばしました。が、それは

〈ずぶり〉と怪人のなかに埋まり、指にはべとべとした肉片がまとわりついたのです。

「ぎゃあ！　け、穢《けが》らわしい！」

顔に開いた穴から、ぶしゅぶしゅと肉汁を噴き出し、溶解人間は木下博士を床に放り出しました。

「ま、待て！　小野寺！　わ、儂が悪かった！」

小林少年が立ち上がろうとしたとき、セーフティールームのドアが閉まり始めました。

「は、博士！　逃げるんだ！　逃げてください！」

その言葉に一瞬、木下博士が小林少年を見ました。すると、木下博士のマスクを乱暴に剝ぎ取った溶解人間が彼の口を無理矢理、大きくこじ開けました。

「博士！」

「う！　うぐぐ！」

げぼぼぼぼぼぼぼぼぼぼぼぼぼぼぼぼぼぼぼぼ……。

大きく開いた口のなかに、溶解人間は反吐《へど》を流し込んだのです。

「博士！」

木下博士の手足がぶるぶると痙攣《けいれん》したところで、小林少年の前でドアは閉まってしまいました。金属のドアは内側にたったひとつ鍵穴があるだけのツルツルで、叩いても蹴ってもびくともしません。小林少年は無電を使おうとしました。が、電波も届かないのか、うんともすんとも言いません。

「くそ!」

小林少年は最後の手段とばかりにポケットから万能鍵を取り出しました。

3

小林少年が悪戦苦闘しているころ、黒丸邸ではもうひとつの事件が起きていました。溶解人間に対抗するため邸内にある研究室に博士がこもっていた隙に、寝室で寝ていた聰子さんがふと妙な気配に目を覚ましたのです。

薄暗い寝室のなか、風もないのにカーテンが揺れていました。

〈だれ〉と喉まで声が出かかった途端、驚きで胸が潰《つぶ》れそうになりました。

ゆらりと現れたのは、あの溶解人間だったのです。

「きゃあああ」

聰子さんは悲鳴を上げました。すると黙らせようとするかのように、溶解人間が口を塞《ふさ》ぎます。そして何か彼女に向かって囁《ささや》いたのです。しかし、それはぺたりとした生臭いものを彼女の顔に貼り付けただけでした。思わず振り払うと、床に赤い餅《もち》のようなものがあります。見直した聰子さんは、ふたたび気を失いそうになりました。それは溶解人間が吐き落とした〈舌〉だったのです。

『ぐげ、げげぇ、げげ』

溶解人間は聰子さんに迫ってきました。彼女はその手を避け、廊下に飛び出しました。

「英吾さん！　英吾さん！」

彼女の金切り声に研究室側から足音が迫ってきました。そして博士が到着したとき、すでに溶解人間の姿は消え失せていました。

「ああ、おそろしい……なぜ、あんなものが私たちを付け狙うのかしら……」

聰子さんは、婚約者の腕のなかでいつまでも震えていました。

明智からの電報

1

さしもの少年探偵団が誇る万能鍵も、最新鋭のセーフティールームの錠には手こずったようです。やっとドアが開く気配を見せたとき、夜は完全に明け切っていました。ドアの向こうは夏の太陽が照らしつけています。しかし、床に不気味な粘液が溜まっているのみで誰もいません。小林少年は慎重に木下博士の姿を捜しました。しかし、玄関にも庭にも姿がありません。

もしかしたら連れ去られてしまったのかもしれない！　小林少年は使用可能となった無電で警視庁の中村警部に連絡を入れました。警部はすぐにパトカーを回すと約束してくれました。玄関から外に出てみると、庇《ひさし》からぶら下がっているものがあります。それは粘液で汚れたゴーグルでした。よく見ると、他にも博士の手袋などが散らかっています。

屋根の上で何かがきらりと反射しました。

小林少年は玄関脇の階段を上がり、二階から三階へと続く非常ドアから屋外へと延びる階段を発見しました。薄い鉄の板を用心深く上がっていくと、そこは屋根瓦の広がる邸の上でした。早朝とはいえすでに日差しは強く、汗ばむほどです。そのとき、屋根の端で白いものがヒラヒラと揺れました。目を凝らすと、白衣の小柄な男性がこちらに背を向けたまま腰掛けています——木下博士に違いありません。

「博士！」

小林少年は無事を喜びながら声を掛けました。が、博士には聞こえないのか微動だにしません。

「博士！　ご無事だったのですね！」

次の瞬間、小林少年は博士の姿を目の当たりにして凍りついてしまいました。

博士は口を大きく開いたまま、涎《よだれ》を垂らしてニンマリと笑っていたのです。それだけではありません。開いた口には大型の虫眼鏡のレンズがはまっていました。博士はそのレンズを使って喉の奥を太陽光線で灼《や》いていたのです。博士の周囲には肉の焦げる嫌な臭いが漂っていました。

「どうしたんですか博士！　やめてください！」

小林少年が口のレンズを外そうとすると、博士は猛然と抵抗してきます。

「博士！　はかせ！　あっ」

真正面から体当たりを喰らった小林少年はそのまま屋根から二階の突き出しに落ち、気絶してしまいました。

2

額に冷たいものを感じた小林少年が目を覚ますと、そこは明智探偵事務所でした。心配顔のマユミさんの傍らに、中村警部の姿がありました。

「到着した警ら部隊が、たまたま君が転落するのを目撃してすぐに病院に搬送し、そこからここに運んだのだよ」

中村警部はそこでいったん言葉を切ると、溜息を吐きました。

「木下博士は……」

「あの男はまだ病院だ。もっとも、当分は出られんだろう。なにしろ頭が完全にポンコツになってしまったんだからな。屋根から引きずり下ろそうとした警官にも噛みついて大騒ぎだったそうだ」

「博士はレンズを咥《くわ》えていました」

「奴はもともと病的な潔癖症だった。どうやら汚染された細胞を消毒しようと紫外線で灼いていたらしい。もちろん、これは彼から聞いたんじゃない、読んだんだ。口が利ける状態じゃなかったからね。筆談さ」

小林少年は中村警部に事件のあらましを説明しました。黒丸が警察の介入を嫌がっていることも。

「木下の背景を調査すると、確かにボルテックス社と関連があるらしい。あそこは見かけは民間会社だが、実は違うんだ」

「どういうことですか？」

「もともと満鉄（南満州鉄道のこと。ここの調査部は外地での諜報活動・攪乱を密かに担当していたと言われている）上がりの大本営シンパが立ち上げた会社でね。噂では極秘で兵器開発をしているらしい。つまり、我々が正面切って入るのは難しいところなんだ。強行しても一日二日で上から止められ、すべてうやむやにされてしまうに違いない」

「今朝、届いたの」

そのとき、マユミさんがメモのようなものを差し出しました。一通の電報でした。

『ドロリ　シンパイイラヌ　クロマル　チュウイ　アケチ』

「これは先生だ。しかし、どういう意味だろう……溶解人間は心配ないなんて

「……」

中村警部は暫し黙り込んだ後、こう言いました。

「小林君、事件の異常性を考えれば極めて稀《まれ》な措置なのだが……指揮を執《と》ってもらえないだろうか」

「僕がですか?」

「うむ。さっきも説明したとおり、我々が正面切って関わるには様々な手続き上の障害が予想される。そうこうしている間に犠牲者が増えたり、犯人を取り逃がしてしまうことだけは避けたい。もちろん、援護は任せてくれ」

「わかりました。僕も乗りかかった船です。やらせてください」

「頼むぞ」

「はい」

「よかったなあ。団長!」

ポケット小僧が飛び込んできました。

「俺、絶対にあの化け物を、この手でやっつけたかったんだ。バンザイ! バンザーイ!」

「おいおい。また独断専行《どくだんせんこう》は困るよ」

小林少年はすっかり元気になった彼の姿を見て、笑顔になりました。

3

黒丸邸は静まり返っていました。

実はあの後、小林少年は中村警部の新たな報告によって大きな謎を抱え込んでいました。なんと彼が木下邸で溶解人間と遭遇していた同じ時刻、聴子さんが寝室で溶解人間に襲われたというのです。しかも、現場に残された肉片を黒丸博士が分析した結果、それは明らかに〈人間の舌〉であったといいます。そのことは中村警部経由で理化学研究室でも確認されていたのです。

目の前のソファに座った黒丸博士と聴子さんは黙ったままでした。小林少年はポケット小僧に屋内外の警備を頼みました。何かあればただちに報せが入るはずです。

木下邸でのことを報告し終えた小林少年は、黒丸博士へ率直に疑問をぶつけるべきときがきたと感じました。

「博士。あなたは、あの溶解人間が本当は何者か御存じなのじゃないですか？」

その言葉に、黒丸はハッと顔を上げました。

「木下さんは溶解人間について御存じだったようです。彼は襲われた瞬間、〈小野寺、儂が悪かった！〉と仰《おつしや》ったのです。これはすなわち、彼が溶解人間の素性を知っていたという証拠ではありませんか？　彼が知っているのであれば当然、あなたも知らないはずはないと思うのです」

しかし、小林少年の言葉に最も大きな反応を示したのは博士ではなく、誰あろう聰子さんでした。

「小野寺……」

そう言ったきり、聰子さんは呆然としてしまいました。

「それにあの壁のメッセージにもあなたのお名前がはっきりと書かれていました。溶解人間はあなたを知っている。あなたも御存じのはずだ」

「英吾さん！」聰子さんが突然、叫ぶように言いました。

「わかった……すべてを話す」

その剣幕に黒丸博士は青ざめた顔で口を開きました。

「そう……聰子もすでに察したように、溶解人間は君の兄さん、小野寺修造君だ」

聰子さんは口を覆い、涙をぽろぽろ零《こぼ》しました。

「君には山で遭難したと説明していたが、実は彼は研究中に事故に巻き込まれたのだ。当時、我々は人体の耐性に関する研究を進めていた。高温高圧低温低圧、もしくは衝撃にも耐えうる人体、もしくはそれを補助するパワースーツの開発だ。初期段階では細胞レベルでの動物実験をメインにやっていた。しかし、結果は思わしくなかった。何度やっても細胞壁が崩れてしまうのだ。度重なる失敗に我々は打ちのめされ、失敗を怖れるあまり慎重になりすぎてしまった。野心家の小野寺君は、遅々として計画通り進まぬ事態に嫌気が差したのだろう。我々の研究成果をこっそり他社に売ろうとしたのだ」

聰子さんが息を呑みました。

当然の反応でした。自分の兄が産業スパイだと婚約者から聞かされた彼女のショックは、いかばかりだったでしょう。

「それを知った私は彼を止めた。彼もいったんはそれを受け入れてくれたかに見えたが、焦りは逆に増幅したのだろう。あろうことか、彼は自らを実験台に使用したのだ。結果、細胞がＤＮＡレベルで暴走し、あのような姿になってしまった。強烈な酵素を含んだ消化液があそこまで溢れてしまっては、完全溶解までは時間の問題だ。恐ろしいのは脳が溶解することによる理性の消滅と野性化だ。木下邸での話を聞くと、いま彼は最悪の状態にある。一刻も早く止めなければ、遅かれ早かれ見境なく人を襲い始めるだろう……」

「でも……でも何故、遭難したなどと嘘をついたの……」

「産業スパイをし損なった挙げ句の事故などと会社に知られれば、彼が汚名を着るばかりでなく、一切の保障を失ってしまう。残された君はどうなるんだ。僕は小野寺君に君を頼むと言われていたんだ」

「そんな……そんな……」

聰子さんはハンカチに顔を埋めてワッと泣き出しました。

「小林君、私は断腸の思いで聰子の前で真実を語った。君の行動に期待して良いんだね」

「無論です。とりあえず、彼があなたに対して復讐心を燃やしていることだけは確かでしょう。僕は警戒に当たります」

「私は敷地内にある研究室にこもる。もう少しで溶解人間をなんとかできる薬品が完成するんだ」

「英吾さんは、このところ研究に掛かりっきりなんです」

「それでは、聰子さんは僕から離れないでください。とりあえず自室に戻ってもらえますか」

「ええ」

小林少年は無電であらかじめ準備させておいたチンピラ別働隊のメンバーを邸の外に配置しました。これで黒丸邸は完全に少年探偵団の監視下に置かれたというわけです。

哀しい対決

「今日は現れないのじゃないかな」

ポケット小僧がリビングの柱時計を見て呟きました。そろそろ日付が変わろうとしていました。

「君は少し休んでいいよ。僕が朝まで代わりをするから」

小林少年がそう言うと、ポケット小僧は安心したのかすぐに寝息を立ててしまいました。

敷地のなかは静かでした。虫の声と爽やかな風が通り抜けます。

黒丸博士は、あれっきり研究室から姿を見せませんでした。

さすがの小林少年も連日の疲れからうとうとしかけたころ、駆け寄る足音に気づきました。反射的に物陰に身を隠すと、なんとそれは自室で休んだはずの聰子さんでした。寝間着に軽いものを羽織っただけで、夜目にもぶるぶると震えているのがわかります。

「どうしました！」

彼の言葉に顔面蒼白の聰子さんは途切れ途切れの声で言いました。

「ふと思い立ったことがあったので、英吾さんの研究室に入ったら……入ったら……」

「どうしたんです」

「よ、溶解人間が……」

すべてを聞き終える前に、小林少年は駆け出していました。研究室は敷地の外れにあります。黒丸邸の周囲は高い塀でぐるりと囲まれていますので、住宅地にあるといっても孤立した建物となっています。小林少年が音を立てないようなかに入ると、聰子さんも続きます。泥まみれの裸足で、表情を見ると何かきっぱりとした決意がうかがえました。細長い廊下を行くと研究室のドアが現れました。そこまで来たとき、なかから大きな笑い声が聞こえました。それは溶解人間のものではなく、明らかに黒丸博士のものでした。

ふたりはドアの陰に身を寄せ、そっと隙間を開けると聞き耳を立てました。

『貴様の復讐など、今さら何の意味もないぞ！　小野寺』

黒丸博士は大きな液体タンクの下にいます。そして、目の前には体が溶け続けている溶解人間がいるのです。

『あの研究は、すでに次の段階に移ることが予算委員会で決定した。いくらおまえが阻止しようとしても無駄だ』

それを聞いて溶解人間が震えました。

『ふん。兵隊なんてのは戦場の駒だ。人体への副作用なんか気にする必要があるか。せっかく完成したものを、おまえひとりの意見で台無しにされてたまるか。だから、俺は木下と清水を巻き込んで、おまえに新薬セルドレインの実験台になってもらったんだ。黙って試したのは悪かったが、人体実験のデータが取れたおかげでさらに改良することができた。いまならこれを使用した兵隊は一ヶ月間、どんな高温にも低温にも耐えられるようになる。ただし、一ヶ月過ぎればおまえのようなナメクジの化け物になってしまうがな……あははははは』

小林少年の横で聰子さんが息を呑みました。そうです、彼女のお兄さんはスパイなどではなく、暴走する黒丸一派の実験を止めようとした正義漢だったのです。

と、いきなり小林少年は背中を殴りつけられ気を失いかけました。

「きゃあああ！」

聰子さんが絶叫すると、小林少年を襲った者が彼女の体を抱いて研究室に飛び込んでいきました。痛みに耐えながら後を追った小林少年の目に異様な光景が飛び込んできました。

なんと、溶解人間がふたり！

後から来た溶解人間は聰子さんを後ろから羽交い締めにしています。

あまりのことに、黒丸も絶句です。

やがて聰子さんを羽交い締めにした溶解人間が口を開きました。

「約束が違う……。切手を寄こせ。君の体は限界だ。ぬけがけするには体力がもたん」

するともう一方の溶解人間が聰子さんを放せ、という身振りをしました。

それを見た溶解人間がどさりと聰子さんを床に突き放すと、次の瞬間、自身の顔に指を突き入れ、べりべりという音とともにすべてを剝ぎ取ってしまいました。

『あ』

その場にいた全員が驚きの声を上げました。なんと、なかから現れたのは怪人二十面相だったのです。

「君の依頼どおり、裏切り者の三人全員が良心の呵責によって自滅するように仕組んでいたのに、君のスタンドプレーがすべてを台無しにしてしまったよ。そんなことにも気がつかないほど君の脳はだめになってしまったのかね」

すると、もうひとりの溶解人間がポケットから一通の葉書を掲げました。

「そうだ。それを君は妹に渡してしまった。本来、それは私の手に渡るはずのものだったじゃないか」

二十面相は溶解人間のもとに近づくと葉書を奪いました。が、一瞥《いちべつ》しただけで握り潰し、パッと身を離しました。顔が怒りで歪んでいます。

溶解人間は黒丸に向き直ると、口を開きました。

「黒丸博士、残念だが、いまのあなたの告白は警視庁にいる中村警部がその一部始終を傍受しましたよ」

そう言うと、ポケットから無電を取り出しました。

「あ！　先生！」

小林少年が叫ぶと、そこには溶解人間の変装を解いた明智小五郎の姿があったのです。

「貴様たち……いったい何のつもりで……」

黒丸が歯軋りをしています。

「奸計《かんけい》に陥らされたばかりでなく妹の聰子さんまでをも手に入れようとした卑劣なあなたのやり口に耐えきれず、小野寺氏は怪人二十面相、いや、かつて小野寺氏の父親に命を救ってもらったサーカス団員、遠藤平吉に助力を求めたのです。その葉書に貼ってある南米の英領ギアナの一セント切手を渡す代わりにね。世界に一枚しかないと言われているその切手は、オークションに出せば三億円にはなる代物です。しかし、小野寺君は復讐は果たせても、自分亡き後の聰子さんの身を案じ、病院を抜け出して自ら届けに行ったのです」

「ああ……なんてこと……」

聰子さんは、その場で泣き崩れてしまいました。

「二十面相、君もまさか自分の変装を真似するものがいるとは思いも寄らなかったんだろう。だが、君にできることは僕にもできるのだよ、悪事以外はね」

手錠を手に明智探偵が前に出ると、二十面相はニヤリと笑い拳銃を突き出しました。

「動くと誰かが怪我をするよ、明智君。黒丸博士、あなたが何をどうしようと私には何の関係もない。私が協力したのはグランド＝サーカス時代、そのお嬢さんの父であり医師でもある小野寺光太郎氏に恩があっただけですからね。まあ、せいぜい捕まらんことだ。たぶん警察はあなたを一生刑務所から出す気はないでしょうからね。はははは」

二十面相は拳銃を上に向け、大きな窓ガラスを撃ち抜きました。破片が音を立てて落下してきます。

「危ない！」

小林少年が聰子さんをかばいます。

「さらば！」

いつのまにかプロペラを背負っていた二十面相はその窓から飛び出して行きました。

「先生！」

小林少年は明智探偵に抱きつきました。

「どうして二十面相の変装だと見破ったのですか」

「それは君のお手柄だよ。壁の謎のメッセージを送ってくれたから確信できたんだ」

「あの枯死黒丸ですか」

「あれは〈こしくろまる〉だよ。レールフェンス暗号と言ってね。伝えたい文章を上下交互に書き、それを一文にするんだ」

「こしくろまる……」

「殺しまくる、ということさ。本物の小野寺氏であれば、そんなものを暗号文にする必要もない。思わず二十面相の気質が出てしまったんだ」

「聰子！　そいつらの言うことはでたらめだ！　こっちへ来い！」

黒丸が叫びました。手には二十面相が捨てていった拳銃が握られています。

「嫌よ！　あなたのような卑怯者に騙されていた私が馬鹿だった。二度とその顔を見たくもない。お兄さんより、あなたのほうがよっぽど醜いわ！」

「博士、悪あがきはやめたまえ」

「ふん。貴様らに何がわかる。俺がしているのは人間の進化を劇的に推し進める神の研究だ。おまえらのような凡人に俺の偉大さがわかるはずがない」

「えいっ！」

そのとき、小林少年が放ったＢＤバッジが見事、黒丸の手に命中し、手から拳銃を叩き落としました。

明智探偵が迫ります。

「待て！」

黒丸は頭上にあるレバーに手をかけ、同時にもう一方の手に握ったリモコンを操作しました。ガチャンと音がするとすべてのドアが閉まり、ロックされました。

「そんなことをしてどうなる。君はもう袋の鼠《ねずみ》なんだぞ」

「ふふ。そうかな。現行法では録音その他のものは証拠採用されないのだ。君が伝えているその無電とやらもね」

黒丸の顔に邪悪なものが浮かびました。きっと聰子さんのお兄さんも罠だと気づいたとき、この顔を見たことでしょう。

黒丸がリモコンを操作すると、今度は彼の背後にある機械のドアが開きました。どうやら気密タンクのようです。

「この頭上にあるものを見ろ。これはロケット燃料のヒドラジンを元に製造した溶解液だ。文字通り、おまえたち全員をドロドロに溶かし尽くしてしまうだろう。聰子！　よかったねえ！　おまえも兄貴と同じ苦しみを味わうことができて」

博士はそう言うとレバーを引き、背後の気密タンクのなかに閉じこもりました。

「まずいぞ」

小林少年は明智探偵の顔に戦慄が走るのを見ました。先生がそのような顔をするのを彼は初めて見ました。

液体タンクがぶるっと震えた途端、物凄い勢いで薄ピンク色の液体が噴き出しました。

「危ない！」

明智探偵が小林君と聰子さんを引き連れてドアに駆け寄ります。しかし、人間の力ではどうにもなりません。見ると窓の向こうでチンピラ別働隊やポケット小僧が木の棒や金槌を使って押し開けようとしています。が、それでもビクともしないのです。

「何をしている！　君たちはここから退避！　危険だ！」

明智探偵が別働隊を怒鳴りつけました。

液体は室内にあるすべてのものを白煙を上げながら貪欲に腐食させ、次々に呑み込んでいきます。液体はすでに床を覆い尽くそうとしています。

明智探偵は傍らにあった机の上に椅子を載せると小林少年と聰子さんとともに上ります。

しかし、タンクからは濁流のように液が溢れ続けています。

気密タンクのなかで黒丸がこちらを見て笑う様子が、透けて見えます。

「くそ、あのレバーさえ逆側にすることができれば……」

明智探偵の言葉に小林少年はパチンコを取り出すとBDバッジで狙いを定めました。キーンッ！　一発目。レバーを外れてしまいました。二発目、三発目にやっとレバーの把手に当たりました。が、噴出口を閉鎖させるほどのパワーはありません。

そのとき、机全体が持ち上がるようにして傾きました。

「きゃあ！」

バランスを崩した聰子さんがヒドラジンの海に落ちそうになるのを寸前で明智探偵が摑まえます。

「ご覧、すでに机の脚が溶けかかっている……」

まだ五分も経っていません。このままでは全員が強烈な溶解液のなかに落ちてしまいます。

全員が何か手がかりになるものはないかと見回すと、ちょうど二十面相が脱出した窓の側に二階部分に昇る検査用の手すりがありました。が、そこまで五メートルは離れています。とてもその間を人間の体で歩き回るわけにはいきません。

ごふっと机がまた沈みました。あと二十センチほどで机はヒドラジンの海に沈んでしまいます。

「どうしよう……」

小林少年と聰子さんは顔を見合わせました。

明智探偵は厳しい顔で手すりを睨《にら》んでいます。

そのとき、新たな窓が割れ、溶解液の海に落下してきたものがあります。

「あ」

全員が声を上げました。

それは、まさしく聰子さんの兄である小野寺修造——溶解人間その人でした。

彼は机までやってくると聰子さんに向かって手を伸ばしました。

「おにいちゃん!」

自分のジャケットを脱いだ明智探偵が溶解人間の腕に掛けました。たちまち、ヒドラジンが触れた部分から煙があがります。

「ためらっていてはいけない!　早くお兄さんに!」

聰子さんが兄の胸に飛び込みました。

溶解人間はぐらりと大きく揺れましたが、じゃぶじゃぶと液のなかを移動し、見事、手すりにまで彼女を運び、ジャケットを腕に掛けたまま戻ってきます。

「彼は……」

「大丈夫じゃない。見ろ、どんどん溶けてしまっているじゃないか。彼は命を捨てて助けにきてくれたんだ」

溶解人間は次に小林少年を、そして最後に明智探偵を運びました。それと同時にジャケットはばらばらに、跡形もなくなってしまいました。

「あ、机も……」

手すりを使い三人が安全な場所まで昇ったとき、音を立てて机が崩れました。

「おにいちゃん！　おにいちゃぁん！」

聰子さんが絶叫すると溶解人間が顔を上げました。そして〈助かってよかったね〉というように大きく頷いたのです。

「ご覧、彼の足は半分ほどになってしまっている。とんでもない激痛のはずだ」

溶解人間はヒドラジンのタンクに着くとレバーを押しました。すると噴出が停まったのです。

「やった！」

小林少年がそう呟くと、逆に「やめろ！」という絶叫が聞こえました。

溶解人間が黒丸博士の入った気密タンクの開閉ボタンを押したのです。ブンッと音がするとドアが開き始めます。当然、どっとヒドラジンがタンクのなかに流れ込みました。

「ぎゃあ！　悪かった！　許してくれ！　小野寺！　このとおりだ」

溶解人間は黒丸の体をがっしりと摑まえると、満満《まんまん》と溜まっている溶解液のなかに自分ごと沈みました。

「ぎゃあ！　痛い！　ぐぼぁ、げぇ」

黒丸の顔が一瞬で溶けた乾酪《チーズ》のようになりました。叫び声を上げ続けようとして舌が、歯が、ぼろぼろと藻屑《もくず》のように吐き出されます。まぶたが千切れ、眼球が卵の白身のようにどろりと流れ落ちていきます。五分ほどで黒丸は何も言わなくなり、聴子さんの兄ともども液体の海のなかに消えていってしまいました。

「おにいちゃん……」

聴子さんの嗚咽が、いつまでも続いていました。

エピローグ

事件から数週間後、麴町の明智探偵事務所に聴子さんの姿がありました。彼女はお兄さんが残してくれた切手を売却し、そのお金でアフリカで暮らすことに決めたのです。

「兄は心のとても優しい人でした。私も兄のように人助けがしたいのです。兄が残してくれた遺産を貧しい人や病気で苦しんでいる人のために役立てていきたいと思っています」

彼女の言葉に明智探偵は大きく頷きました。

「それがいいね」

あの後、黒丸博士の研究室は自宅ごと解体されました。彼らが行っていた非人道的な実験も中村警部らによって暴かれ、ボルテックス社は社会的に糾弾され、近々、完全に解体されるはずだと警部は言っていました。

「それにしても、溶解人間がふたり現れたときには肝を潰しました」

小林少年が笑います。

「僕が扮装したのは、きっと黒丸はお兄さんを前にすればその慢心から尻尾を出すと踏んだからなんだ。尻尾どころか洗いざらい白状してしまったけど」

「でも、最初に僕が駆けつけたときの溶解人間は、警告をしに来た清水敬司さんを半ば溶かしていました。あれは一体……」

「ははは。それは実に単純なトリックさ。清水敬司に変装した二十面相が、手洗いに行ったと見せかけ溶解人間に成りすまし、それから悲鳴を上げたんだ。溶かしたのは蠟細工の人形か何かだったのだろうね。複雑になったのは、本人が聰子さんに会いに来たとき、本物の舌を落としてしまったからなんだ。あれで警察もすっかり信用してしまった」

「では、最初に二十面相が襲ったのが清水さんであることは間違いないんですね」

「さてそこさ。よっぽど二十面相のお灸が効いたのか、彼は妻子を捨てて遁走《とんそう》してしまってね。実はその捜索を別のルートから依頼されたんだ。まさか、僕もこんなところで繫がるとは思ってもみなかったがね。中村警部によれば、本人は関西方面のドヤ街に浮浪者同然の姿で潜んでいたのを三日ほど前に発見されたらしい」

「先生が二十面相に渡した葉書は偽造したものだったんですね」

「うん。あれを即座に見破るとは大したものさ。彼以外、あれを見破れる人間はいないからね。葉書はベッドの隙間に落ちていたよ」

「あのとき、私がもっと冷静に対応していれば……」

思い出したのか聰子さんが沈痛な面持ちになります。

「いや、すでにお兄さんの状態は取り返しのつかないところまで来てしまっていたからね。それは仕方のないことだと思う。それよりも、自分の手であなたを救い出せたことを心から喜んでいることでしょう」

明智探偵の言葉に聰子さんは頷きました。

「先生！　先生！　大変です！」

そこへマユミさんが飛び込んできました。

「どうしたね」

「本牧の延国寺に秘仏を戴くという予告状がきたそうです。和尚さんがお見えになります」

明智探偵は顎に指を当てるとにやりと笑いました。

「あの秘仏は三億円はするね。埋め合わせをしたがっている誰かがそろそろ動き出したってわけか……。小林君」

「はい！　少年探偵団、出動！」

小林少年は、にっこり笑って頷くと元気に飛び出して行きました。

「恐ろしい悲劇でしたが、きっとお兄さんはあなたのことをいつまでも見守ってくれるはずですよ」

明智探偵はそう言って、夕焼けの濃くなった空を見上げました。

本書は二〇一六年三月にポプラ社より刊行されました。

みんなの少年探偵団2

有栖川有栖　歌野晶午　大崎梢　坂木司　平山夢明

2018年　4月　5日　第1刷発行

発行者　長谷川 均
発行所　株式会社ポプラ社
〒一六〇-八五六五　東京都新宿区大京町二二-一
電　話　〇三-三三五七-二二一二(営業)
　　　　〇三-三三五七-二三〇五(編集)
振　替　〇〇一四〇-三-一四九二七一
ホームページ　www.poplar.co.jp
フォーマットデザイン　緒方修一
組版・校閲　株式会社鷗来堂
印刷・製本　中央精版印刷株式会社

N.D.C.913/239p/15cm
ISBN978-4-591-15859-3
落丁・乱丁本は送料小社負担でお取り替えいたします。
小社製作部宛にご連絡下さい。
製作部電話番号　〇一二〇-六六六-五五三
受付時間は、月～金曜日、9時～17時です(祝日・休日は除く)。